講談社文庫

瓦礫の死角

西村賢太

講談社

目次

瓦礫の死角

瓦礫の死角

丼にかけてあるラップを外すとほぼ同時のような勢いで、北町貫多は中なる黄色の麺を猛然とすすり始める。

出前の品とは云い条、麺も汁もまだ充分に熱々だった。

四枚載った厚切りの焼豚は、各々の面積の半分近くに白い脂身が付いてるくせして、味付けがしっかりしている為か、程よく甘くて実にうまい。

瞬く間に――自身でも些か驚くぐらいのスピードでそのチャーシュー麺を平らげ、スープもすべて飲みきった貫多は、これで差し当たっての空腹を解消し、ひとまずの落ち着きを得ることのできた実感に満足の吐息をつく。

で、貫多はそこで一度椅子から腰を上げると、手前に位置する狭いダイニングキッチンに数歩の足を運び、冷蔵庫から缶ビールを取り出す。

バドワイザーの、ロング缶のやつである。それは思いの外に、よく冷えていた。

やはり、いかようにも好みの低温度に設定できる、かような機器の備わっている日常は良いものだと思う。

立ったままでひと口くくみ、その苦くて香ばしい液体に舌を浸しながら小テーブルの方へと戻ると、次には眼前に並んだ他の料理——五目チャーハンと肉ニラ炒め、カニ玉、シューマイに春巻と云った豪華な品々のラップを順々に取りのけてゆく。

そして今度は少しく余裕の生じた鷹揚な構えでもって、それらに悠然と箸をつけていった。

その貫多は、ひどく幸福な思いであった。

時刻はいつか七時を過ぎたものとみえ、向こう正面になるテレビでは天気予報が終わり、男女のアイドル歌手がメインらしき、何やら騒がしい番組が始まっていた。

四月に入ったとは云え、まだプロ野球の開幕までには幾日かの間があるので、その中継にチャンネルを替えることもできぬ。

が、どうで賑やかしの目的だけでつけているのだから、それはそのまま打捨てておくこととし、貫多は引き続き食慾の三昧境に、ひたすらに耽る。

途中で二度ほど中休みのハイライトに火をつけつつ、彼は悠々と炒め物を頬張り、春巻を嚙った。

曩にはラーメンの汁を飲み干していたにも拘わらず、チャーハンに付いていたヘンな醬油スープまでも、余すところなく堪能していたのである。

いずれも、本当に美味しかった。

今夜の種目も、昼間に取った焼きそばと三人前の餃子同様に、そして昨晩の、味噌ラーメンと中華丼を柱とした六皿の品々と同様に、全部が全部、えらく彼の口に合うものだった。

なので小一時間もかけて、二本の缶ビールと共に、その無職の十七歳としては甚だ奢侈な夕餉を終えた貫多は、取りあえず床の安っぽい水色の絨毯上にゴロリと横になると、くちくなった腹を撫でさすりながら、明日の昼は、あの店で何を取るかと云うことを早くも考え始めるのだった。

すっかり、体の箍も頭の箍も緩みきった格好である。

やがて貫多は身を横たえたままで右腕だけを伸ばし、卓上から煙草とライターと灰皿を順々に下へおろすと、最後に、これはなから——出前が到着するまで寝そべりながら読み耽り、その絨毯の上に伏せた状態で置いてあった文庫本を引き寄せて、続きを読み始める。

するうち、少し肌寒く感じられてきたので、今度は半身を伸ばして古ぼけた電気ストーブのスイッチを入れた。

彼とその家族が、船橋の安アパートに夜逃げをした直後に購めて使い続けている電気ストーブだ。あれは昭和五十三年の十月だったから、もう七年近く前の製品と云うことになる。そろそろ不具合も発生しそうなボロ機器である。

とは云え、数日前までは御徒町の洋食屋の、一切の火の気もなかった屋根裏部屋――その板敷きの上に寝起きしていた貫多には、とあれこうした暖房器具が自由に使えるのは、つくづく有難いことである。

そのぬくとく、空腹からも完全に解放された状況のもとで読む、源氏鶏太の明朗サラリーマン小説は、また格別の面白さがあった。

平生の乞食野郎然、浮浪少年然としたドブの中みたいな生活から打って変わっての暖衣飽食に包まれた貫多は、まさにこの時間までは文句なしに幸福で、上機嫌極まりない状態であった。

だが、しかし――夜も十時を過ぎた頃合になり、貫多にとっては母親となる克子が帰宅した途端、その彼が晏居していたところの楽園は一気に色褪せたものになる。

折角の機嫌の良さが、いっぺんに損われてくるのである。

チャイムも鳴らさず、合鍵（と、云ってもこの室の借主である克子の所持しているものが、本然の鍵であるのだが）を使って入ってきた克子は、玄関正面のダイニングキッチンの、その奥になる四畳半部屋の絨毯上に長々と寝そべっている貫多には無気力な一瞥をくれただけで、その夜も、「ただいま」も言わなかった。

室内に立ち込めていた煙草の煙りの故か、鼻の上には縦にシワが寄っているようにも見受けられた。

そして無言のまま、この夜もすぐと玄関脇の六畳間——克子からすれば長女であり、貫多の為には三歳上の姉となる、舞が使っていた部屋へと入ってゆく。

おそらくは昨日までと同様に、克子は自身の必要最小限の用を済ませる以外には、舞が一昨年の秋頃に家出をして消息不明となって以降、自らの寝室として使っているその部屋に籠もり続ける了見なのであろう。

全く、陰気この上ない存在である。

貫多はもうすぐ一冊を読み上げる寸前だった源氏鶏太を閉じると、身を起こして、隣りのもう一つの小部屋の方に移動することにした。その昔に、彼が使用していた学習机とベッドが今も置いてある四畳半である。

小説本を読む興がそがれたので、布団の中でラジオを聴くことにしたのだが、そこで彼は、冷蔵庫内にストック切れとなっている缶ビールを補充しておく用があったのを、ふと思いだした。

なので小便をしに玄関脇の後架に向かったそのついでに、対面の六畳間の、ピタリと閉ざされた襖を足で軽く蹴りつけて、

「おい、婆や。テーブルの皿を、あとで片付けとけよ。野良猫が舐めないように、ちゃんと洗ってから表に出しとくんだぞ。それと悪いけど、缶ビールも三本ばかし買ってきといてくんないか。ぼく、明日のお昼に飲むから。お金は、恰度細かいやつの持ち合わせがねえから、おまえが立て替えといてくれや。うん、ツケとけ。いいな、頼んだぞ」

と、フザけた口調で――最後の方はやや早口でもって云いつけて、全く無反応である、その襖の前から即座に離れた。

辛気臭さが充満しているらしき、かの室の内部からの異様な〝圧〟と云ったものに、辟易した為である。

翌朝、十一時近くになって目を覚ました貫多は、布団を跳ねのけると何よりもまず後架に駆け込んで、洩れかかっていた小便を盛大に放出する。

そして膀胱をカラにしたにもかかわらず、未だ痛いぐらいに朝勃ちしているマラを何んとはなしに揉みながら、向かいの襖の内側の気配を窺った。

が、そんな警戒をするまでもなく、もうこの時間では、克子はとっくに出勤しているはずである。

貫多は勢いよく襖を開けた。と、そこで無表情の克子が目の前に佇んでいたら、生来が臆病者にできてる彼は恐怖の余りに卒倒するところであろうが、実際は案の定、すでに室内は蛻のカラとなっていた。

遮光カーテンをひいた北向きの和室に、舞の使用していた机と洋ダンス、そして小さなピアノの閉じた蓋の上には十数個のぬいぐるみが整然と並べられた、一寸不気味な空間である。

貫多は禁忌の部屋じみたそこの襖をピシャリと閉じると、気を取り直すようにしてダイニングキッチンの椅子に座り、煙草に火をつけた。いつの間にか、朝の勃起は収まっている。

貫多の、怠惰な一日の始まりであった。

しかしその怠惰さが、元より怠惰な質に生まれついている彼には大層に心地が良い。

昨日同様に頭と体のタガは外れている感じであったが、それは数日前までの、あの洋食屋で経ていたところの規則正しい日常サイクルから、急に逸脱したことによる反動みたいな側面もあるものらしかった。

半年程しか続かなかったとは云い条、とあれその期間を連日立ち働いていたことは、貫多としては大いなる珍事であった。

なればその経験は多少なりとも身中に沁み込み、僅々数日の後では習慣の残渣も行動の内に見受けられそうなものであったが、今も云ったように生来が怠け者にでき過ぎてる彼は、そこから逸脱——と云うか、脱落すると同時に、綺麗サッパリ件の慣習も忘れ去ってしまった。

思えば今回の脱落も、例によって先方からの有無を云わさぬ馘首のかたちであった。

その洋食屋では、これも例によって当初はそれなりに上手くやっていたのである。はなは得意の猫をかぶり、にこやかな笑みも絶やさずキビキビ働き、自身では上手く立ち廻っていたつもりだったのである。

しかし室料を溜め続けていた安宿を追い出され、かの店の屋根裏部屋に寝起きさせてもらうようになった頃にはそろそろ地金を露呈してしまい、最終的には店主夫妻についた悪態が因となり、そこを叩き出される（文字通りに、激しい打擲（ちょうちゃく）を受けつつの）破目に陥ってしまった（「蠕動で渉れ、汚泥の川を」参照）。

その際、店主から受けた暴行を楯に日割り計算の給料とプラスアルファの金額、計十一万円を強硬にせしめた貫多は、取りあえずは母親の克子のもとに——自身が中学卒業まで住んでいた、都下の町田市内のアパートにゆくべく、全財産たる僅かな衣類とトランジスターラジオ、十数冊の古本を詰めた二つの紙袋を提げて、小田急線に乗り込んだものである。

棲むところも失った為に、すぐと次の安宿を探す必要に迫られていたが、どうせなら少し休養がてら、それを借りる初期費用と生活費も補給、補強しようかと思い、その無心の目的もあってのことだった。

それが、三日前のことである。三日前の、夕方のことである。

未だ所持し続けている合鍵を使い、その〝ハイツ〟と云う名の、築五年程が経過した三ＤＫアパートの室内に入った貫多は、その瞬間から全身が弛緩した。

夜になり、横浜の大型スーパー内に在する、子供服店での雇われ店長仕事を終えて帰宅した克子は、そこに貫多の姿があるのを認めると、まず、悲痛そのものと云った嘆息の声を上げた。

その実際に放ったところの眉根を寄せての第一声は、「どうして、家にいるのよ……」と云う、いかにも厭ったらしそうな、喉の奥から絞り出すが如きのものであったが、これは中学卒業時に〝親子の縁を切る〟ことを条件とし、最後に十万円を毟り取って家を出ていったはずの貫多が、以後もちょくちょく金をせびりに立ち現われ、クーラーや風呂等の生活設備の良さ故に小逗留を決め込むその度ごとに、克子の口から洩れ出るお定まり台詞の一つになっていた。

まだ該所で暮していた頃に頻発させたところの、克子に対する暴言と暴力によって立場が逆転して以降、この母親は貫多に関しては一切のことを諦めたようだが、その間には余りにも彼が無心を繰り返したせいもあろう、それが諦観から達観へと変わるには至らず、今は彼の存在に対しては、ひたすらに嫌悪の思いばかりが先立つものらしい。

しかし、元来が人並みよりかはやや冷血な質にできている貫多は、そんな克子の心情を汲んでやる気はさらさらなく、とにかく自分が生き抜くことのみが大切だった。

自身にとっての利益を得る為ならば、母親ごときにいくら露骨にイヤな顔をされたところで、何んの痛痒も感じはしない。

平然と居座って、いつそこを引き上げるかの腹も持たぬまま、滞在を続ける状態となっていた。

その滞在中は、極力外に出ることは控えていた。中学時代の同級生に出会わすことがイヤだったのである。

往時、貫多以外の者は皆が皆、当然ながら高校に進学していた。この時期は二年生が三年生に進級する、所謂春休み期間の最中であるはずだ。

受験戦争なぞと云い、学歴偏重指向が高まるばかりのこの時勢にあって、一も二もなくそこから逃亡し去った彼は、同級生たちからは、「これで北町は一生、土方だな」と陰口を叩かれていたようなので、それらの者と往来でうっかりすれ違うわけにはいかなかった。

「一生、土方」との故なき烙印が、しかし早くも実際の彼の行く末を見事言い当てた格好となっている事態に、ひどく卑屈な心情をかかえさせられていたのである。男の同級生に会うのは何んとも不快だったし、女の同級生と会ったら、己が自尊心の崩壊しそうなのが怖くてならぬ。

なので——この日も朝昼兼用となる食事はアパートに籠もったまま、またぞろ出前を取ることにしたのだが、これは新興住宅地であるこの付近には手頃な食べ物屋が皆無であるが為の、半ば必然、半ば止むなき選択でもあった。

その中華屋は何んでも原町田辺にあるらしく、貫多のいるアパートからはかなりの距離が離れている。

従来見も知らぬ店であったが、今回彼が〝帰宅〟したところ、玄関の扉に付属した郵便受けの中に、そこの出前メニューが入っていた。この種のものが投げ込まれていたのは、かつてない様ではあった。

これ幸いと、その夜のうちに早速二品ばかりを取って以降、昨晩までの昼夜五回立て続けの注文電話をかけることと相成ったが、けれどこの数日の間にこうも連続すると、先様の方では次第にそれを訝しがってくるものらしい。

その雰囲気は、電話を受けた中年と覚しき女の次第に抑揚を失っていく応対からも何んとなく窺えたが、より顕著だったのは出前を運んできたメガネ小男――本来なら、すでに顔馴染みとなって然るべき、初老の冴えない風貌をしたメガネ小男の、ヘンに構えた感じの、必要以上によそよそしい態度の方である。

　電話の中年女は貫多が名乗ると、はなの一声で放っていた愛想のいい声を一気にトーンダウンさせていたが、この小男の場合は扉を開けた直後より、眼鏡の奥から彼の顔を品定めそのもののイヤな眼付きで眺め、室の奥の方にもチラチラと視線を走らせているようなのである。

　この不躾さには、元来が短気な質の貫多は少なからず苛立ちの感情がこみ上げてきたが、とは云え、その店側の警戒めいた色も一面では無理からぬところはあった。

　何しろ、これまで全く出前の注文もなかった一般家庭から、ここ四日ばかり昼晩続けて電話がかかってくるのだ。で、それを持っていった先では、他に人の気配もせぬ薄暗い部屋から、陰気な顔をした高校生ぐらいの年格好の者が出てきて、五品も六品もの料理の皿を無愛想に受け取るのだから、これは大抵の人間なら訝しくも思うだろう。

　つい四日ばかり前までは出前仕事に就いていた貫多にしてからが、もしこの状況に臨んだとしたならその家には何か怪しげな雰囲気を感じ、眼前の陰鬱そうな小僧に対してかなりの胡乱を覚えるに違いない。

なのでかの小男が、貫多の差しだした代金の紙幣を何やら木の葉でも摑まされたかのような釈然とせぬ風情で受け取った際も、貫多はその先様の顔付きは無理にも無視することにしたが、所詮はかような不興も一瞬のことである。

次いで閉めた扉の外でもって、昨夜のどんぶり類を取りまとめる音が響いたときには、すでに彼の頭の中は此度(こたび)の調達品であるワンタン麵とカツカレー、そして四人前の餃子を食べることで一杯の状態になっていた。

働いてもいないのに、腹だけは猛烈に減っていた。

貫多はこれらの料理品を、例によって二本の缶ビールと共に、悠々と口に運んでいった。

あの洋食屋では、恰度今時分は混雑のピークであろうことが思いだされた。

あそこでの朝昼兼用の飯は、開店前の準備の最中に厨房の隅にてかき込むことが常だった。立ったまま、白飯と味噌汁に缶詰めのウインナーか何かを、取りあえず胃の腑におさめておくことが常だった。とてもではないが、ゆっくり味わっている隙なぞありはしない。

と、その辺りのことを回想しながら、ビールを口に含みつつのんびり食べ進めてゆくのは、えらく幸福な思いがあった。

そしてすべてを平らげ終えると、貫多は一服つけたのち、この日も腹ごなし的に趣味の〝家捜し〟を始めてしまう。

彼は子供の頃から家人の留守中に、これを行なうことが慣習になっていた。

生来手クセが悪いだけに、はなは小銭を盗む目的で簞笥の抽斗や書類入れの底を掻き廻していたのが、次第にプライバシーを覗くことにも楽しみを覚えるようになった。

殊に姉の舞の部屋はその宝庫であり、書きかけの日記やら変なポエムやら、はたまた同級生から貰ったらしきラブレターやらを盗み読んでは、一人で大いに嗤ったものである。

尤も、現在はその舞は消えて新たな収穫品は望めぬ上に、他の部屋もすでに漁り尽くした状態ではあるものの、しかし習慣とは恐ろしいもので、彼は〝帰宅〟した際には未だにそれを、殆ど何んの気なしみたいな心持ちで繰り返しているのだった。

で、この日も一応それを行なってみたら、意外な収穫を得ることが叶った。

克子は自らの鏡台を舞の部屋へと移していたが、その小物入れの中に茶封筒があり、中からは写真が三葉出てきた。

いずれも勤務先での、昨年の忘年会か今年の新年会かと思われる宴時のスナップであり、そこに写っている克子は、隣の三十代に見えるワイシャツにネクタイを締めた馬ヅラの男にしなだれかかるようにしながら、カメラに向かってニッと笑顔を見せている。同じ構図での、何んのつもりか控えめなVサインを出しているバージョンもあった。

明らかに、少し酒が入っている様子でもある。

(おいおい……何んだよ、これは)

貫多は苦笑を浮かべながら思わず心中でほき出したが、それはかつて知るところのなかった克子の姿である。元より、この母親は一滴もアルコールを受け付けぬ体質のはずなのだ。

（あれも、まだ娑婆っ気みたいなのを持ってるんだなア……）

一寸した母親の秘密を看破した思いに気を良くした貫多は、写真を元通りにしまうと、再び四畳半の小卓のところへと戻ってくる。満足であった。で、その満足感を得て気が済んだ貫多が次に移行するのは、文庫本を読むか、自慰行為を始めるか、もう一度眠るかのいずれかであったが、結句彼は、これらを今述べた順番の通りにこなしていったのである。

再度目が覚めたときは、室内にはすでに薄闇がはびこっていた。いつ天候が変じたものか、窓外からは雨滴がベランダの手摺り辺を叩く音が聞こえてくる。

貫多は起き上がると、しょうことなしに申し訳程度の面積のベランダに出て、そこに干してあった――克子が朝方に干していった、種々の洗濯物を取り込んだ。

別段、気を利かせたわけではない。自身の入浴後に着用する肌着が生乾きでは気持ち悪いので、それを取るついでに全部を引っ込めたに過ぎぬものだった。

己れの衣類は自分の部屋の押し入れ箪笥の中にしまい、克子のくたびれたシミーズ等は、汚物でもつまむようにして玄関横の舞が使っていた部屋に放り込み、最後にタオル類を浴室に持っていった足でもって、風呂の準備を行ない始めた。

無論、昨夜に克子が使ったあとの古い湯を、すっかりと張り換えての上でである。

室内に、風呂場がある生活は実に便利なものである。

子供の頃より風呂嫌いで通していた貫多も、この〝実家〟に戻ってからは、連日欠かさず入浴に勤しんでいた。

夏場でさえ、港湾の人足作業時の汗でベタベタになった後でも僅かな湯銭を惜しみ、それを割愛してしまうような彼が、ここでは昼過ぎに新しく沸かした湯に入ったあとで、夜にも克子が戻ってくる前に、再びお湯とバスクリンを足した浴槽に浸かった流れもあった。

目的は、ティッシュの包み口から洩れ溢れた精液が自身の大腿部辺にべったり付着したのを洗い落とす為であったが、このときの貫多は、居室内に風呂場がしつらえられた生活とは至極機能的だと、しみじみ思ったことである。


この夜の、克子の帰宅は十一時を廻っていた。

相も変わらず自らの携行する鍵を使って入ってきたが、折りたたみの傘を傘立てに差し、ダイニングキッチンにノロノロと現われたその顔付きは、やはり相も変わらず陰気に翳っていた。

そしてその克子は、勤務先の食品売り場で購入してきたものらしき紙袋をテーブルの上におくと、無言のままで中から取りだした食パンやサッポロ一番なぞの即席麵を食器棚の下部の物入れにしまい、次に一つ溜息をついたのち、貫多が食べ散らかしてそのままにしていた、〝夜の部〟の出前品の器類を洗い始めたようであった。

ようであった、と云うのは、克子が溜息を洩らした辺りで貫多はテレビを消して席を立ち、隣りの自室に入って襖戸をたてたので、その洗い物の様子は流し台を打つ水音からの推測に過ぎぬものだからである。

で、やがて読書には甚だの邪魔となる、その耳ざわりな流水の音が止み、このあとはまたいつものように克子は克子で舞の部屋に籠もるかたちで、無言のまま風呂に入って無言のまま寝に就くことだろうと思い、貫多は胸の拡がる思いを少し復しながら文庫本の活字に再度没頭しかけたのだが、そこへ意外なことに——全く案に反して襖の向こうから彼の名を呼んでくる、妙な震えを帯びたか細い声が耳朶に触れてきたので、これには甚だ驚かされた格好となる。

この母親の声を聞くのは、ここに〝帰ってきた〟一昨々日の夜以来のことであった。

が、貫多の許諾の返答ののち、襖を開けて陰鬱な顔を突きだしてきた克子が次に発した言葉は、

「ねえ……いつまで、いるの？」

と云う、どこかオドオドした口調ながらも、ハッキリとした厭悪の感情に満ち溢れているものであった。

この物言いに、瞬間、虚を衝かれた体勢になった貫多は、すぐにそれに対する答えを述べられずにいると、克子は彼のこの暫時の沈黙をどう云う意味に取ったものか、

「ねえ！」

急に語気を強めてもう一声言い放ち、ズイと身を前に乗りだすようにしながら、

「いったい、いつまでここにいるつもりなのよ！」

と、更に強い口調で問うてくる。

何やら我慢に我慢を重ねたが、ついにその限界に達したと云った感じの、謂わば窮鼠が猫に嚙みついてくるみたいな様子にも見受けられた。

なので貫多も、一寸この見幕には飲まれたような塩梅となり、

「いつって……明日ぐらいには、帰ろうかなと思ってたんだけど……」

なぞ、今まで考えてもいなかったことを、元来が嘘つきな性質だけに咄嗟に口から吐きだすと、これを聞いた克子の方は途端に——全く可笑しくなるほど覿面に、その少し吊り上がった目の中に安堵の気色みたようなものを浮かばせて、

「本当に？　本当に、明日帰ってくれるのね？」

最前に含んでいた険を一気に減じた感じの声で、言質を求めるようにそれに対する返答を促してくる。

と、こうなると当然に——と云うのも妙なものだが、先にも云った通りに生来が短気な質である貫多は、その克子の現金と云うか、この、自分を明からさまに蛇蝎の如く忌み嫌っている態度にムカッ腹が立ってくる。

明日帰ると聞いた途端、パッと輝きだしたそのツラ付きに、凶暴な衝動が誘われてもくる。

だが、まだこれは、得意の怒声を浴びせかける程の怒りのレベルでもないので、貫多はひとまずその苛立ちを飲み込んだ。

十四、五の頃ならば、この程度でも殆ど反射的に克子の横鬢の辺りを叩きつけていたであろう貫多も、じきに十八の齢を迎えるにつれて、少しは内面的な成長を果たしているものなのか、取り敢えず今しがたの憤懣は自らの内で無きものにした。

で、その代わりにと云っては何んだが、怒りを消した彼の口をついて出たのは、

「うん、帰ってあげるよ。それ程までして帰れと云うのなら、ぼく、明日の夕方には一片の痕跡も残さずに、ここからキレイさっぱりと消えていてあげるよ。但お銭さえ、くれればの話だけどね」

と云う、持って生まれた浅ましさを全開にしたところの言葉であった。

これに克子は、

「何よ、おあしってのは」

また急激に目の奥に警戒の色を走らせ、その表情は陰鬱そうなものに変じてゆく。

「明日の夜にどこかで泊まるお金と、明後日以降に探して借りる、アパートの初期費用のことだよ。何故ってぼく、今一寸、行くところがないんだ。何しろ、住み込みで働いていた店を急に辞めてきたもんだからさあ」

本当はクビになり、殴られて叩き出されてきたのだが、誰であってもその情けない事実を知られるつもりのない貫多は、最後の部分の云いかたを少し変えておく。

「そんな……だってあんたは、お金、持ってるじゃない。毎日毎日、わたしが帰ってくると、山ほど出前のお皿がテーブルの上に載ってるじゃないの」

「うん、それはそうだ。でも、それは仕方がないよ。何しろ、この辺は近くに食べるところなんかありゃしないんだから。そしたらどうしたって、ご飯は出前に頼らざるを得ないじゃねえか」

「けど、その為にパンとかインスタントのおそばとかを、買っておいてあげてるじゃないの……」

「そんなこと云ったって、あんな、食パンに納豆挟んだのぐらいじゃあ、精々がお八つぐらいにしかなりゃしないよ。いいじゃねえか。ぼくは平生一人でいるときは、ロクなものを食べちゃいないんだから。立ち食いの、百五十円のお蕎麦すらすすれず、共同便所の横の水道で水だけ飲んで、それでひもじさを誤魔化す夜だってザラにあるんだから。だったら、たまにここに来たときぐらいは少しばかりの贅沢をしてみたところで、そんなに責められることでもねえだろう？」

貫多は捲し立てるような調子で自己正当化風のことを述べたが、これは、ここで克子から百円でも多くの金を引きだそうとする焦りの反動みたいな側面があった。

彼が、先の店を馘首されたときに受け取った金は十一万だったが、これについては頭と体のタガが外れたついでにドシドシ費消するつもりでいたのである。そして引き上げ時には、その使った分の補塡も含めて克子から融通してもらうつもりでいたのである。

それだから、

「でも、もうそのお金も完全に底をついてしまったよ。持ってると云ったって、そんなの精々が一万円とちょっとぐらいしかありはしなかったんだから」

すぐに続けて大嘘をつくと、克子は口を噤んで、しばらく目を伏せていたのちに、

「――分かったわよ。じゃあ、あとで五万円あげるから、それを持って夕方までには本当に出て行ってよね」

何かを振り切った感じの、妙にキッパリした調子でもって貫多の目を真っ直ぐに見据えて言ってくる。

「五万円か……あともう一寸、必要なんだけどなあ」

「もう、そういうこと言うのはやめてよ。いったい、これまでにいくら上げて

ると思ってるのよ。その五万円は今のわたしの全財産なのよ。餓え死にするかしないかの、ギリギリ必要な額だけを残して、あとは全部渡して上げようって言ってるのよ」

「ふん、そうかい。だったら、まアいいや。五万円でいいから、お出しよ」

「渡すけど、間違いなく明日の夕方にはいなくなっていてよ」

「………」

「ねえっ！　間違いなく、ここから出ていってよ！」

「うるせえな、分かってるよ。ぼく、さっきからそう言ってるじゃねえか。出てゆくと、そう言ってるじゃねえか。くどいんだよ、てめえは」

どこまでも嫌悪の情を隠さぬ克子の物言いに、ジワリと怒りが再燃してきた貫多の返答は、やや口調が改まる。

が、元々は神経質なヒステリー体質のわりに、どこか鈍感な部分を有する克子は、

「それと合鍵だけど、あれはやっぱり返しておいてくれない？」

そこへ追い討ちをかけるような台詞を放ってきたので、貫多の胸中に灯っていた怒りの念は、一気に頭の方へと突き上げてきた。

明日帰る旨の確約を取ったことに気を良くし、更に自身の望む——自身に都合の良い状況をここぞとばかりに尚も得ようと畳み掛けてきた、この中年女の浅はかで虫の良い考えが何んとも薄みっともないものに思われてならなかった。

なので貫多は、

「馬鹿野郎！」

眼前の母親に一喝を浴びせると、

「調子に乗るんじゃねえよ、ババアめが。何が、合鍵返してくれない、だ。そんなの、絶対に返すもんかよ」

先方の求めを、ピシャリと撥ねつけてやる。

「でも、それじゃ困るのよ」

「うるせえや。いくらでも勝手に困ってろい！」

「………」

「ぼくを自由に出入りさせまいとする、てめえのその虫の良い了見は、如何にもてめえらしい腐りきった了見として一応承っといてもやるが、今この場でそれを重ねて言ってきやがった、そのつけ上がった心根だけはどうにも気に入らねえ。クソ間抜けババアめ、深い考えもなく畳み掛けてきやがって！」

「………」

「ああ、畜生め。著しく気分を害されたぜ。もう、てめえはその陰気な顔をさっさと引っ込めろい！　引っ込めて、それでテーブルの上に五万円を置いておけ！」

「………」

「そしてそれが済んだらよ、駅向こうの酒屋の販売機に行って、ビールを買ってこい」

ほき捨てるようにして命じると、克子は項垂れていた首をギョクンと持ち上げ、

「そんな……嫌だよ。雨も降ってるし……」

また眉根を寄せてきたが、このときのそれは、今から歔欷(きょき)を始めようとする者が見せる、ヘンな歪みかたをしていた。

「いいから、行ってこい。このあとに飲むのが、もう切れてしまっているんだから。二本だぞ。銘柄は何んでもいいけど、長い缶の方を買ってこい。間違えるなよ」

「…………」

「あと、ついでに煙草も一箱……いや、二箱がとこ買ってこい。こっちはハイライトじゃなきゃ駄目だからね。」

「…………」

「お金は悪いけど、てめえが出しておけ」

「…………」

緘黙して棒立ちになっている克子に突き放したことを言い、そして冷たい一瞥を投げつけてから、貫多は少し乱暴に襖戸を閉めた。

が、その彼は、ややあったのちには僅かばかりだが、心の奥底に落ち着かぬものを感じていた。

己れの今のつまらぬ言動に些少の後悔を抱き、克子の情けなさそうに顰めていた面の色に、些少の申し訳なさを覚えていた。

憤怒の感情の赴くまま、ついこの雨中の夜半に缶ビールを購めにゆくことも命じてしまったが、これはほんのいっとき前までは、自分の金で自ら買いに出るつもりでいたことである。

こうして、一呼吸置いて短気の炎も鎮まりかけてくると、さすがにこの意地の悪い使い立てだけは撤回してやろうかとの考えも起きてきた。

しかし、その折も折に玄関の方で扉の開いた気配に続き、室内に微かに吹き込んできた雨風の向こうでガチャンとそれが閉じられた音が響くと、結句、件の考えは実行せずに、そのまま打捨てておくことにする。

出かけていったものは、最早仕方がない。どっちにせよ後で必要になるのだから、こんなのは誰が買いに行ったところで、どうで同じことなのかもしれぬ

（とは、全く違うような気もするが）。

何んとなく自室から出た貫多は、ダイニングキッチンのテーブルの上に視線を向けてみる。

そこには五枚の一万円札が、無雑作に重ねた状態ですでに置かれていた。

彼はさしたる感慨もないままにそれを取り、そしてまた自分の部屋へと戻るのだった。

この家を出てゆく件について、何んだか流れで克子に話を合わせる格好となってしまったが、実のところ、それは単に先様のやけに思いつめた懇願に虚を衝かれたことによる、まるでその場凌ぎの返答に過ぎぬものであった。どこまでも、その返答は何んの気なしの安請け合いと同義に過ぎぬものであった。

何しろ、貫多はここで寛いでいるのである。謂わば久しぶりとなる骨休めを、この生活設備の整った空間で堪能しているのである。

従って次の日も、夕方を過ぎても彼はそこから動くことはしなかった。

今夜も明夜も引き続きここで寝泊まりするつもりだったし、かの中華店へも、またぞろに出前の電話をかけるのだった。

けれど当然と云うべきか、この破約に収まりがつかないのは克子である。

その克子は、いつになく早めの八時前に帰宅してくるなり、

「どうして、まだいるのよ！」

何んとも悲痛な声を振り絞ってきたのである。

そして更に続けて、

「帰るって言ったでしょう？　なんでここにいるのよ……」

殆ど苦悶の形相で、言い募ってくる。

で、こう来られると――イヤ、こうした反応は貫多の方でも幾らか予想をしていたことであったが、そうは云っても実際にその予想を上廻ったところの絶望感の表明に接してみると、これは随分と、甚だしく癇にさわるものがあった。

それだから、彼は取り敢えず、

「うるせえな。気が変わったんだから、しょうがないじゃねえか」

腹立ちまぎれに先方の神経を逆撫でしてやるべく、無理にもせせら笑うようにして言ってやったが、しかし克子は、「冗談じゃないわよ」だの「約束が違うじゃないよ」だのの、陳腐きわまる言葉での抗議をグダグダと続けてくるので、これらにはいい加減に苛立ちが最高潮に達してしまい、結句のところは、

「煙草を買ってこい！」

と、真っ向から怒鳴りつけることになってしまった。昨夜に少なからずの後悔を覚えたにも拘わらず、またもその無慈悲な命令を繰り返す成り行きとなってしまった。

するとと、克子はこのときは、

「こんな時間に、また外に出て行くのは嫌だ」

キッパリと、拒否の言葉を告げてきた。

「馬鹿野郎、こんな時間って、たかがまだ八時半ぐらいのものじゃねえか。ぼ

くがいなくなったと踏んだ途端、いつもより早めにいそいそと帰ってきやがったくせして、何が、こんな時間に、だ。いいから黙って買ってこい。三個だ。三個買ってこい！」

「吸いたければ、そんなの自分で買ってくればいいでしょう？」

「この時間帯は、駅のとこなんかに中学のときの奴らがたむろしてんだよ。今のぼくがそいつらとは絶対に会いたくないことぐらい、てめえにも分かるだろうが」

「そんなの、わたしは知らないわよ。ねえ、本当に勘弁してよ。わたし、今日は朝からずっと頭が痛いんだから。割れるように痛いのよ。すぐにも横になりたくって仕方ないんだから……」

「それこそ、『そんなの、私は知らないわよ』だ。てめえの頭痛とぼくの煙草が切れかかってることには何んの因果関係もないんだから、いいからさっさと行ってこい！」

言い放ち、ついでに小卓上の文庫本を先様の足元近くへ思いきり叩きつけて

やると、克子は何故か頭部の方を手で庇いつつ、これを身をよじって避ける素ぶりを見せたのちに、

「……あんたは、どういう人間なんだろうね、本当に……」

この三、四年間ですっかりのお得意となっている台詞を呟いて、その場に膝を折ってへたり込む。

そして、

「ああ……息が苦しいっ」

と、いかにも苦しそうにほき出してくるのだが、この辺りも、実のところ貫多の〝家庭内暴力〟が始まったときの、一つのお定まりの展開となっていた。

過去に幾度となく繰り返されてきた流れである。

しかし克子は実際に、子供の頃は心臓が弱くて医者がかりであったとの話をその昔に聞かされている彼としては、こうなるとやはりと云うか、一応、少しは折れてやらざるを得なくなる。

人道的とか母子の情とか云うものではなく、今、本当に克子の生命や健康に

何かあったら、畢竟損をみるのは自分自身だ。金の生る木とまではいかないが、とあれ困ったときのチンケな打ち出の小鎚にはなる以上、ここで此奴に倒れられたら元も子もない。自身の為に、こんなのは生かさず殺さずでキープしておくことが肝要である。

それだから貫多は足下で苦しげに喘いでいる克子に向かい、

「ふん。なら、休んでからでいいよ。今夜はゆっくり眠って、それで明日の朝、ぼくが寝てる間に——てめえが出かける前に、販売機までひとっ走りしてこいよ」

と言ってやり、これに対し無言で俯いているだけの無愛想さは不問に付すこととし、続けてもう一言、

「分かったね。明日の昼にぼくが起きたら、このテーブルの上にハイライトが三個、ちゃんと置いてある状態にしとくんだぜ」

と、投げつけて、読みさしの「木枯し紋次郎」シリーズへの没入に復すべく、自分の部屋へと入るのだった。

だが翌日――正午前に起き出した貫多は、その卓上に頼んだものが用意されていないことを知り、暫時絶句するかたちと相成った。

そして軽ろきショックの状態から醒めると、次には激しい怒りがこみ上げてきて、

「仏心を出して上げりゃあ、これだからな！　あのババアはよ！」

克子への呪詛を、言葉に出してぶち撒ける。

「嘗めやがって！」

更に毒づいたが、尚も腹立ちが収まらぬ彼は、今夜克子が帰ってきたら久方ぶりにその横っ面を、少し強めに引っぱたいてやろうかと思う。

かような〝命令無視〟が習慣と化しては敵わない。些か痛い目に遭わせて、迅速に矯正を試みるしかない。

――と、これは克子が中学二年時頃までの貫多に殴る蹴るの体罰を加える際

に、たまさか口走っていたところの理由と云うか行動原理であるらしかった
が、今、それをそっくり当て嵌めて、かの母親に返上してやることには何やら
嗜虐的な興趣がそそられるものもあった。
彼は元来がひどく復讐心の強い、魔太郎じみた性質にもできている。
従って、この夜ばかりはあの鬱陶しい克子の帰宅を舌舐めずりする思いで待
ち望み、手ぐすね引いて待ち構えていたのだが、さて、そんなにしてようやく
アパートに戻ってきたところの克子は、どうも昨日まではその様子が違って
いた。
陰鬱で覇気のない点は変わらぬものの、明らかに半病人然とした風情なので
ある。
これには思わず貫多も、
「大丈夫？」
なぞ、今しがたまでふとこっていた異形の企みを忘れて心配そうに尋ねる仕
儀となったが、その克子がいったんダイニングキッチンの食卓の椅子に崩折れ

る態（てい）で座り込み、喘ぐみたいにして言うところによると、どうもこの日は朝から心臓の動悸が激しくて、ヘンに息苦しかったらしい。で、余程勤めを休もうかと思ったが、家にいては一層に具合が悪くなりそうなので無理して出ていったとのこと。そして、仕事中は気が張るので何んとか持ち堪えたのだが、店が退けて一人になった途端に、また体調がおかしくなったとの由。

――つまりは、その原因は偏（ひとえ）に貫多の存在に依って来たるものであることを、問わず語りみたくして吐露するのだ。

しかし貫多は、このときは不思議とその言い草にムカっ腹を立てる流れとはならずに、すぐと克子に布団での横臥を勧める。

その顔色の悪さは、小芝居の類では到底あらわせぬものと踏んだ為であった。

無論これも、万が一に死なれでもしたときの、自身に降りかかってくる面倒を厭うが故の思いやりだったが、克子はこれに素直に礼を述べ、そして、

「今朝、たばこ買いに行けなくて悪かったわね」

と、付け足してくるのであった。

深更、舞の部屋の方で襖戸が開いた気配に、貫多は文庫本の活字から目を離した。

ようやくに、気を取り直しかけていたところであった。ただでさえ陰気でやりきれぬ克子が体調を崩し、更なる気ぶっせいな存在と化したことによって一段と気が滅入ってしまったのを、この夜は城戸禮の荒唐無稽なアクション小説を読むことで、ようように紛れかけていたところであった。

それだから貫多は一寸舌打ちを鳴らす思いで、後架にでも立ったらしきその克子の動向を、布団に横たわったまま鎌首を擡げて窺っていると、

「――起きてるの？」

ふいに己が室の襖の向こうから呼びかけられたので、元来が小心者たる彼は、瞬間、キュッと心臓が縮み上がる感覚に襲われる。

短く声を返すと、

「起きてるなら、ちょっと出てきてくれない？　聞いて欲しいことがあるんだけど……」

まるで幽鬼のような声（とはどう云うものなのか、まったく分からぬが）で続けてくるので、今度は実際に舌打ちを鳴らして身を起こし、そして右腕を伸ばして襖戸を開けると、眼前の小卓のところに座していた克子の姿は、貫多がイメージするところの幽鬼そのもののような風情をしていた。

白地に色落ちした赤い薔薇柄の、くたびれたパジャマの肩に油っ気のないバサバサの長い茶髪を垂らし、窪んで黒ずんだ眼窩の奥から血走った目玉をギョロギョロとさせているその様は、何んだかもう、殆ど狂女のようでもある。

（うわっ……滅入るなア）

思わず顔を顰めながら、克子とは卓を挟んでの真向かいになる籐の椅子に腰をかけると、まずは元々の質が誰に対しても機嫌伺いの気味にできているだけに、

「具合、どうなったの。少しは良くなったの？」

と、一応は聞いてやる。

すると克子は、

「この体調の悪さは、多分ここ最近の悩みからきてる精神的なものだと思う」

なぞ云うので、これはてっきり、「だから明日には、本当に出て行って欲しい」を、またぞろ始めるとばかり思っていたら、意外にも次に継いできたのは、

「さっきは、言いかたが悪かったわね。あれじゃ、わたしが具合悪くなったことの原因が、全部あんたにあるように聞こえるよね」

との言葉。そして克子は何やら呼吸を入れ直すようにしたのち、

「確かにあんたのこともあるにはあるんだけど、それよりもわたしが不安でならないのは、あの人のことなのよ……」

と、告げてくる。

〝あの人〟とは克子にとっては元の夫であり、貫多の為には戸籍上の、元父親

のことを指している。

姉の舞も含めて、母子三人が話の中でどうしてもその人物に触れなければならない場合には、いつからかそれは〝あの人〟と云う呼称に定着していた。

その〝あの人〟は、貫多が小学五年の二学期の時にとんでもない性犯罪をやってのけ、おまけに逃走時には警官を刃物で刺しもしたらしく、初犯ながら七年の実刑判決を受けて、現在は依然、服役中のはずである。

この刑期について、彼は克子から直接に教えられたわけではない。随分と前に得意の〝家捜し〟を行なっていた際に、母の洋ダンスの小物入れの底に敷いてあった紙の下に、この判決文の写しみたいなのがあるのを見つけ、それの記載内容によって初めて知り得た情報であった。

「――あの人が、そろそろ出てくる頃なのよ」

曩時克子はすぐに――まさに電光石火的な行動力でもって強硬に離婚を突きつけて、貫多ら姉弟はかの事件から三週間と経たぬうちに、江戸川区内の生育の町から文字通りの夜逃げをした先の船橋の地にて、苗字も北町姓に変わった上で新しい学校に通い始めていた。

それが昭和五十三年の、十月の終わりの時期であったから、確かにあと六、七箇月もすれば丸七年が経つことになる。刑期終了の、七年の歳月が経つ計算になる。

「——本当のことを言うと、一昨年ぐらいから、もうそろそろじゃないかと思って、ずっと不安ではあったんだけど……」

と、いかにも心細そうな調子で克子が続けてきたことを要約すると、当時の〝あの人〟の弁護士とは船橋から転出した際には交渉を絶ったので、その後の経緯は一切知らぬものの、もし仮出所をしていれば克子の福島在の妹の家に、必ずわが一家の所在を尋ねてくる流れになるはずである。しかし今に到るも、妹の悦子からはその旨の連絡が来ないので、どうも〝あの人〟は、所謂ところの模範囚的な服役態度を経てているわけではないらしい。だが満期での出所であるとしても、未決期間を併せれば、どうしたってこの秋頃には出てきてしまう年月勘定となる。

克子は、そこに不安を感じているらしいのだ。

で、実のところその点は、貫多もここ最近は頭の片隅に茫莫としてあり続けた憂いではあった。折にふれて脳中を掠めながらも、元来が何事につけ、イヤな現実を直視できない性質である為に、すぐと考えることをやめていたのである。

だから、今回もまずは、

「そんなの、出てきたって別に構やしないじゃないか。もう、赤の他人になっているんだから」

と、自身の不安を打ち消す意味でも言ってみせ、以てこの問題はさして問題ともなり得ないように認識し合おうと試みたが、しかし至って現実直視主義であるらしき克子の方は、

「だから怖いんじゃない。金網の向こうで手出しもできないあの人に、わたしは厄病神呼ばわりして、無理矢理離婚届けを書かせたのよ。離婚しなければ舞たちを連れて死ぬしかない、とまで言って。最後に拘置所に行ったときは、せ

めて子供たちに手紙は出させてくれって言うのを、わたしは絶対に送るな、こっちからも出さないし、もし送ってきても転送はしないように弁護士に頼んでおく、もうアカの他人なんだから一切関わりになってくれるなって、それは激しく、怒鳴りつけるみたくして言ったのよ」

「……………」

「あの人の性格は、あんたも分かっているでしょう？　絶対に、恨みに思っているわよ。出所してきたら、何があってもわたしたちを探そうとしてくるわよ」

「探して、もし見つけられたところでよ、必ずしもこっちに何んかの危害を加えてくるとは限らないじゃないの」

「もちろん、わたしもそう思いたいわよ。でもあの人は、カッとなると本当に怖いところがあるから……何をしだすか分からない怖さがあるから。もしも、万一探し出されて直接何か言ってきた場合、その途中でどんな短気を起こすか分からないじゃない。それが無い、という保証はないじゃない」

「……大丈夫だよ」

「なんで、そんなことを言い切れるのよ。あの人は話が通じないとこがあるのよ。それで思いきったことして、あとで泣いて後悔するような人なんだよ。分かってて、それをやってしまう自制心の壊れた病人みたいな人なんだよ」

「………」

何か、こちらに対する当てっこすりを言ってるのだろうかと思いつつ、貫多は黙りこくって、視線を克子から外す格好となっていた。

すると克子も一寸口を閉じたが、ややあって、

「ねえ、どう思う？　わたしたちを探しだそうとしてくるだろうか……」

不安に押し潰されたような声音で、その否定の答えを求めるような問いを発してきたが、貫多はやはり黙りこくっていた。

彼自身もまた、俄かにその不安に押し潰されそうな感覚に捉えられていたのである。

長々と、不毛な〝仮定〟の話を聞かされたせいで、貫多の寝付きはいつになく悪かった。

それが故、翌日起きたのは午後二時を過ぎていたが、その瞬間から気持ちが滅入った感じになっているところをみると、彼は案外に、かの懸念を克子以上に心中で増幅させた状態に陥ったものかも知れぬ。

なので、昨夜交わした不安の残留思念が浮遊しているようなこの空間に居ることにも気分が塞ぎ、息苦しさに耐えられなくなった貫多は、およそ六日ぶりに、まともに外に出てみることにした。

ジーンズのポケットにお金と煙草だけを詰めて、俯き加減でありながらも足早に駅へと急ぎ、横浜線と京浜東北線との二度の乗り換えを経て向かった先は、横浜の桜木町であった。

中学一年時に初めてこの地の映画館に足を運んで以来、貫多は頻々とかの界隈を歩き廻るようになっていた。

子供の頃に、母親とよく買い物に出ていた近場の錦糸町や新小岩と云った繁華街の、あの上野や浅草とも趣きの異なる下品な猥雑さがひどく心地良かった彼は、桜木町から日ノ出町、或いは福富町を通って、伊勢佐木町から黄金町へと抜ける辺りの、まるで雑然とした独得のデンジャラスな雰囲気が大好きだった。

すべてが人工的で、建物ばかりでなく人間もえらく無機質に感じられる町田の地で憂さの極みを覚えると、母親の財布から小銭を盗んでは、その地へ気晴らしに出かけたものであった。それには郷愁みたような面も含まれていたが、東京の下町の繁華街と違い、混沌とした猥雑さの中に妙な開放感が拡がっている点にも魅かれていたのである（因みに、二十三歳のときの貫多がこの一角の路上で大酔して複数の相手と喧嘩になり、のされて全裸にされた挙句、歩道の植え込みに蹴込まれ巡回中のパトカーにフルチンのまま連行された話は、後年小説を書くようになった彼は処女作の「墓前生活」なる短篇中に記している。その数年後辺りから彼は全くこの地に足を向けなくなったが、それはこの件があった為ではなく、界隈が綺麗に整理された、洒落た街へと悪変貌した為だ）。

従って、このときも貫多は国電の桜木町駅に降り立つや、まずは立ち食いのスタンドで月見そばをすすってお腹を作り、野毛の坂の途中にある古本屋を冷やかしたのちに、四百円で五時間弱を潰せる、ヨコハマニュース劇場へと向かうお定まりの〝気晴らし〟コースを辿っていった。

だが此度に限っては、その気晴らし効果は一寸こう、上手い具合に得られぬ成り行きとなってしまう。

件の五番館でこの週にかかっていたのは、森繁久彌の社長シリーズに、東映の時代劇とヤクザ物との定番編成の三本立てであったが、このうちのヤクザ物は実録路線の方で、これがどうにもいけなかった。刑務所内で気弱な囚人が無理矢理尻穴を掘られるシーンがあり、その痛々しい光景に、うっかりと父親のことを思いだしてしまったのだ。

掘られてる方であれば、まだしもいい。イヤ、〝元〟が付くとは云え、実の父親であった以上はそれはそれで情けなくてたまらぬが、〝あの人〟の場合は、むしろ掘っている側に廻っていそうな懸念が大いにあるのだ。

生来の短気で暴力的な性質に加え、深川で運送店を営む夫婦の一人っ子として、甘やかされ放題に育った我儘者である。学生時代から親に外車を買い与えられて乗り廻し（当時、深川の東陽町辺で外車を持っている大学生など殆どいなかったであろうから、その辺のことも増長の一因になったと推察できるが）、周囲数メートルの範囲内では、人をアゴで使うことに小慣れた傲慢な性格の男でもある。
一八二、三センチの長身で凶暴さが顔にも滲みでていたが、見た目ばかりでなく実際に口八丁手八丁でもあったので（だから克子も脅えているのだが）、刑務所で房内の者に〝嘗められる〟と云うことはおよそ考えにくく、逆に〝舐めさせている〟との、おぞましきイメージがその映画のワンシーンによって、突如喚起されてしまったのである。
男色、衆道趣味が持って生まれたものなら否定はせぬが、一定期間の、止むなくの代替として用いているのであれば、それはどうにも浅まし過ぎる。ケダモノ同然だ。

恰度、出所間近のその影に、俄かに不安を募らせていた折も折である。それだけに、この刑期だけは終えたものの、名実ともにケダモノと化した男が近々復讐心をもて目の前に現われるかもしれぬと云う不穏な想像は、一種形容しがたき恐怖を伴い、貫多の心中にドス黒く拡がってゆく。

すると彼は、どうもこの一層に滅入った気分のまま、気の滅入る克子のいるアパートにすぐとは戻りたくもなくなって——とは云え、手持ちの金を惜しむ思いから好きな買淫もできぬまま、ニュース劇場を出ると都橋の方の三店の古本屋を覗き、安食堂でチキンライスとカツ煮でもって一本の罎ビールと三合の合成酒を飲んだあとは伊勢佐木町へ足をのばし、オールナイト上映をやっていた映画館に早々に潜り込んでしまった。

この映画館で夜を明かすのは、かれこれ二年ぶりのことであったが、ここも先の五番館同様、客は付近のベッドハウスからあぶれた労務者が主で、館内は煙草の煙りとワンカップ酒の甘ったるい匂いが充満していた。前の座席の背凭れに、便所の手洗い台で濯いだと覚しき靴下やタオルを干している者も散見された。

かかっていた三本の邦画は、いずれもわりと最近のものであり、今度はどれもあの父親を連想させる要素のない、至って面白い展開の物語であった。

そのせいか、午前四時半に上映が終わり、闇に薄蒼さが混じり始めた館外へと出た貫多の心は、だいぶ軽くなっていた。

と、こうなるとあのニュース劇場にて陥ったところの、妙な遣る瀬なさは何んだったのだろうかと云う気分にもなってくる。

短絡的と云うか、俄かに膨れ上がった不安に引き摺られただけの殆ど脈絡のない、つまらぬ連想をしたことがどうにも馬鹿馬鹿しい思いで、彼は気分を一新して町田のアパートに戻るべく、始発もそろそろ動くであろう桜木町の駅へと歩きだしたのである。

だが、小一時間後にそのアパートの扉を合鍵で開けた貫多は、その瞬間から室内に漂う陰鬱な空気に、忽ち心奥が塞がってきた。

玄関横の舞の部屋からは、彼の帰宅の音で目覚めたのか、或いは夜通し眠らなかったものかは一切知らぬが、とあれ人の身じろぐ気配が確実に感じられた。

映画館内に立ちこめていた異臭と煙草の煙りが沁み込んで、まだ疼痛を伴ってショボショボする目をしばたたきながら、取り敢えずは寝ようかと自室に入りかけると、突如背後の部屋から克子が飛びだしてきたので、貫多は思わずの短い悲鳴を発する。

例によってのくたびれたパジャマ姿の克子は、その貫多の反応は一顧だにする風もなく、

「――怖い。考えれば考えるほど、怖くてたまらない……」

疲弊が色濃く浮かんだ表情で、譫言（うわごと）のような呟きを繰り返す。

この母親の異常な様子に、それこそ恐怖の眼差しを注ぎながらの貫多の気持ちは、尚と深く滅入る一方であった。

そして貫多の暗鬱の因たる克子は、この夜もまた、勤めから帰ってくるなり溜息と不安を口にする。

「急に来たら、どうしよう。どう対処して身を守ればいいの？　あの人の性格では、いきなり何をしてくるか分からない……」

しかしその克子も、生来が勝気なヒステリー持ちであり、共に起居していた頃の夫婦喧嘩は互いに手を出し合う凄まじいものがあったのだ。

但、そうは云っても当然ながら、最後には克子の方が鼻血を噴き出しつつ床に叩き伏せられるのが常だったのだが、元来がこの父親は激すると、そこまでやってしまう人間なのである。

その暴力の度合は、先般貫多があの洋食屋で、浜岡とか云う店主から受けたレベルなぞの比ではない。不思議と姉の舞だけは殴らず、そう理不尽なことでは狂人化もしなかったが、一度火がついたときの激昂ぶりは甚だ常軌を逸し、平気で小学生の貫多の側頭部を蹴りつけ、頬に拳骨を叩き込んできた。

或いは当人は加減をしているつもりだったかも知れぬが、その加減の具合が、ちとおかしいのだ。

「住むところも、仕事も何もなくなって、それでわたしを腹立ちまぎれに道連れにして死のうとか考えてたら、どうしよう……」

克子のひたすらに怯えきったところの、まるで終わりが見えない妄想の連続吐露がたまらなくなった貫多は、半ば痴呆患者みたいな顔付きになっているその母親を取り残し、ひとまずアパートの室から逃れでた。

が、逃れでたところで、これと云ってすることもない。

仕方なく、少しそこいらを歩こうかと思い、差し当たって恩田川の流れの方へと足を向ける。

時刻は十一時を過ぎていた。さすがにこの時間帯では、同級生と行き交う心配もないであろう。どころか付近には、もはや人の影と云うのが皆無である。

この深夜の散歩は、昔、該地でもって一人で——そして中学二年の一時期には友人と二人で、たまさかに行なっていた。

一人のときは取りとめのない茫漠とした将来のことを思い、友人が同行の際は、好きな深夜ラジオ番組の話題や、クラスの女子一人一人の顔の棚下ろしで笑い合ったりしたものだった。

（ああ、そうか。あの頃は、ぼくにも友達がいたんだよなあ……）

と、とつおいつ考えているうちに、何やら懐旧の情みたようなものが湧いてきたが、しかしよく考えるまでもなく、今はそんな気のよい、暢気な回想をしている場合でもない。

貫多はすぐと頭を切り換えたが、するとその思いは、畢竟克子のことへと還ってきてしまう。

だが、それはこの際、意外にもさして鬱陶しさを覚えるものではなくなっていた。

俯きながら春寒の夜道を歩くその彼は、何がなし克子に対して哀れの感情を催していた。

思えばあの母親も、つくづく不運である。

月並みな言いかたを選べば、〝今も昔も世に犯罪は絶たない。そのうちの〝性〟の付くそれも、やはり現時同様である〟と、云った格好になる。だからその意味のみで云えば、かの犯罪はそう珍しいことでもなかろう。だが、配偶者が加害者となるのは、これは人生の中で案外に味わう様のない、珍しき不運の一つに違いあるまい。

無論、最大の難を受けたのは被害に遭った当事者なのだが、一面に於いては克子もまた、滅多に当たらぬ貧乏籤を引いてしまったとの見方もできるやもしれぬ。

おまけに婚姻した相手があれで、その間にできた悴がこれだとあっては、その不運もここに極まれりの観がある。

とは云えこの場合は、ひとまずその悴の問題の方は棚上げにするが、事件直後に離婚して、名実ともに他人となった上で民事面での種々の対処も行なったことにより、少なくとも克子は、加害者の妻として課せられた責は最大限に果たしたかたちになっているのだ。

当然、被害者の方では自身にとんでもない行為を仕でかした犯人のその家族も、やはりおぞましき存在として生涯許さぬことであろうし、それらの者の一切の復権も認めぬに違いあるまい。それは、まこと止むを得ぬ心情である。その点については、いくら戸籍上も生活上も他人の関係になったとは云い条、元の家族としても正直不条理は感じながらも、否応なく一生背負っていかなければならないことだ。

が、しかし——語弊はあってもあえて云うが、これは実に厄介な道行きである。

ただでさえ厄介であるはずの人生に、本来は背負う必要のなかった重いものをまるで無理矢理に押しつけられて、生涯、死ぬまで負うていかなければならないのである。

だがそれも、一度すべてが解体し、瓦礫の中から再出発を始めたこれまでの生活の中でのことなら、まだ良いとする。否、決して良くもないのだが、まあその場合は、そう二六時中かの精神的責務に苛まれる要素も少なく、気持ちの上では最低限の社会生活を送ることができもしよう。

甘な言い草かもしれぬが、この忘却時間のベースだけは如何な加害者家族であろうとも、それを日常的に必要とすることは、せめて許されるべき範疇であると思いたい。

それなのに――そのせめてもの救いの装置すら、一撃のもとに叩き壊される事態が出来しようとしているのである。

瓦解し、山積した礫の陰から、七年の歳月を経て現われ出ようとしている者があるのだ。

犯罪被害者が出所した加害者に脅えることはあっても（この云いかたも、甚だ適切さを欠きそうだが）、加害者家族がその罪の張本人の影に恐れ慄くと云うのは、見ようによっては何んとも滑稽な話である。

けれど克子は――そして貫多自身も、いつかは直面することを知っていたその滑稽なる状況が、すぐ背後にまで迫ってきた足音に心底からの不安を覚えざるを得ないのだ。

つくづく、あの母親は不運の上にも不運にできているようである。

狭い川幅に架かった橋の欄干に両肘を載せ、ぼんやりと口からハイライトの煙りを出し入れしていた貫多は、やがて、

「まったく、しまらねえ人生だよな……」

との呟きも洩らしたが、それは克子に向けたものなのか父親に向けたものなのか、はたまた自身に対して放ったものなのかは、ハッキリと意識はしていなかった。

ただ、差し当たってのことは、それは明確な意志の下に考えなければならぬ段階にきている。

どうやら、あの克子は彼のことを頼っているフシがある。が、改めて言うまでもなく、こんなのは頼られたところで、どうにかなるものではない。

自分だって、怖い。このままその問題とは無縁でい続けたい。結句、自身の

ことのみが大切である。

眼下の川面に煙草をはじき飛ばし、すぐと次の一本に火をつけた貫多は、

(あれも、こないだの写真の様子からすりゃあ、まだ色気は忘れきってるわけじゃなさそうだし、四十四歳なら今の時世は、その気になれば全然需要もあるに違げえねえ。だったら誰か屈強な男とくっ付いてよ、どうかそいつに守ってもらってくれよ……)

自分でも、些か虫が良いと思われる希望を抱いてみたが、性犯罪者を父に持つ自分に好意を抱く女がいないのと同様に、その元妻と本気でつき合う男と云うのも、まともなジャンルでは多分いないだろうなと考えて、何やら自嘲めいた苦っぽい笑いが一寸片頬の辺りに浮かんでしまう。

そしてその貫多は、今の虫の良い願いからの連想で、いつだったかの深夜の出来事をふと思いだしていた。

確か中学二年の頃だったが、棚卸しか何かの残業があって帰宅が遅くなった克子は、夜の十一時過ぎに駅から公衆電話で連絡を寄越してきたのである。

何んでも電車の中で男に声をかけられて逃げたのだが、それが下車駅で降りても後ろにいて、少しアパートの方へ歩きかけてもまだ付いてくるので、一度駅に引き返しているとのこと。

すぐに迎えに来てくれと、いかにも切迫した感じで懇請してきたのである。

このとき貫多は、やけに勢い込んで駅へと走り向かったものだった。イザとなれば後ろに克子を乗せて警察署なりに駆け込むつもりで、自転車で走り向かったものである。

で、彼が到着すると、克子は一瞬ののちに顔色(がんしょく)を安堵の色に変じてみせた。改札横で電話をかけているその様子を不審者の方も見ていたらしく、今は姿が見当たらなくなっているとの由だったが、彼ら母子は要心の為にアパートの方面とは逆の出入口から駅の構内を出ると、取りあえず自転車に二人乗りしつつ、帰路とはまるで違う方角を走り、随分な遠廻りをして完全なる振り切りを目指したものだった。

アパート近くまで戻ったときに自転車を降り、それを押しながらしばし克子と並んで歩いたのだが、貫多は内心で甚だ得意を覚えていた。

　こんな要請を受けたのは初めてのことであり、母親からこう云うかたちで頼られたのが、何やら面映ゆいようなうれしさがあったのだ。

　部屋に辿りつくと、その当時は姉の舞が一年間のホームステイでアメリカに行っている頃だったので、二人で紅茶なぞ飲んで話をし、その際克子はしみじみと、彼が家にいて良かったとの旨を告げてきた。

　そして貫多も、またこんな事態が起きたらすぐ自分を呼ぶようにと、馬鹿みたく鼻息を荒くして言ってやったものだった。

　――今思うと、その数箇月後から家庭内暴力をふるい始めた貫多にとり、あれが母親と共に往来を歩いた最後の記憶となっているのだが、当然、もうあの頃とはあらゆることに関して、色々と変化が生じてしまっている。

　特に此度の件は、あんな一挿話のとはレベルが違う。

　どうにも、厄介過ぎるのである。

来た道を大きく迂回する道程で、やがてアパートを指呼の距離に臨んだ貫多は、そこで一寸立ち止まると、その二階の居室の窓に視線をこらした。

青いカーテンを通した橙色の灯りが、ヘンに息苦しいものに感じられる。

彼はこのとき初めて、そこに帰りたくないと思った。

ここは最早、自分にとっての戻るべきところではなくなっている。うっかりと、出入りを繰り返す場所ではなくなっている。

しかし、その彼には、そうは云ってもすぐとは行くところもないのだった。

(――まあ、あれだよな。行く場所がないんなら、自分でそれを作るまでだわな……)

それを無理矢理にも結論とすることにした貫多は、今は止むなくその灯りに向かって、再び歩きだした。

すべては、杞憂かもしれない。単なる、思い過ごしかもしれない。

またこの件は、今日明日すぐにどうこうと云う話でもなかろう。

それに、いくら柳の枝が風に揺れる気配に脅えてみたところで、所詮、あの父親の出所後の行動は、誰にも読めやしないのである。

なればその点の予防策を案じても始まらないが、その前段階としての避難策は、やはりここいらで一つ講じておいた方が良いであろう。

克子からヘンに依存されぬよう、しっかりと距離を置いた方が良いであろう。

すでに背負わされたものは、それは降ろしたくても降ろせぬのだから、もう仕方もないが、しかしこれ以上、あの父親絡みで自分の足を引っ張られる状況に陥るのは、断固御免を蒙りたい。

面倒に巻き込まれる前に、克子とも完全に疎遠になっておく必要がある。

あの、いち早く家出してのけ、消息不明となっている姉の舞のように——。

外階段を上がって室の前へと立った貫多は、そこで少し呼吸を整えたのち、我ながらカラ元気だと思える威勢の良い帰宅の声を発しつつ、扉の内へと入り込んだ。

ダイニングキッチンの椅子に座り込んでいた克子の表情は、彼が外に出かける前と全く同一のままであった。

そして、その克子は突然に、

「――お姉ちゃんは、利口だね」

と、口にするので、貫多はこれには内心に激しい動揺を覚える。

で、その反動みたくして、

「大丈夫だよ、母ちゃん。心配すんな」

なぞ、快活風に述べて莞爾と笑ってみせようとしたのだが、しかしそれは最前のカラ元気の残渣を絞ったところの、必死の作り笑い程度のものにしかならなかった。

その歪んだ笑顔を克子に向けながら、貫多は明日にはここから逃げ去る腹を固めていた。

いつかはこの母親のことを、いろいろと助けてやれる日が来るかもしれない。

でも今は、結句は何もしてやれぬ。自分が逃げるだけで精一杯である。何がなし、克子の心労に眇めた目の奥に、会心めいた光りが宿っているようにも見受けられた。

病院裏に埋める

一

仲介の不動産屋から受け取った鍵で、北町貫多は改めてその部屋に入った。

彼は、手に提げていた二つの紙袋を引き戸のところの傍らに置くと、何がなし一つ吐息をついた。

然るのち四歩前に進み、古びた磨り硝子が嵌まった腰高の窓を開く。

眼下には、Lの文字の縦側の形状で隣接する家主住居の庭があり、その物干し竿にかけてある子供用の衣類を見るに、今先に取り敢えずの入室挨拶だけはしておいた家主の老婆は、孫と同居——と云うか、自身の子供夫婦と共に暮らしているものらしい。

目をその向こうへ投ぐと、正面には小さなビルディングの側面と覚しき、明かり取りのない壁が見えた。この距離でも、くすんだ灰色の表面に幾筋もの亀裂の走っているのが分かる、えらく見窄らしい建物である。

貫多はそこから離れると室の中央辺にアグラをかき、自動販売機で購めてきた缶入りの三ツ矢サイダーを五口で飲み干した。

そして一つゲップを出すと、その空き缶を灰皿代わりとし、煙草に火をつけて身体を平たくする。

四枚と半分が敷かれた畳の方は、さほど古くはない。ヤニ灼けもないようだから、以前の居住者は煙草を吸わぬ人種であったらしい。

内見の際にも喧しく響いていた、隣りの印刷工場のひっきりなしの機械音は些か気になるものの、これで月の賃料が一万五千円なら、そう悪い宿とは云えない。飯田橋の駅から歩いて四、五分の距離でもあるし、その点を含めて考えると、むしろ、当たりの部類に入るものかもしれなかった。

——この日の貫多は、午前中のうちに町田のアパートを後にしてきた（「瓦礫の死角」参照）。今は母親の克子が一人で住んでいるが、自身も中学卒業時まではそこに起居していた三ＤＫのアパートである。

逃げ出してきた、と云う感覚だった。

これまでも金の無心に番度そこに足を向けており、此度も住み込みの洋食屋でのアルバイトをクビになり、次に棲む宿を借りる初期費用の補強をするべく〝帰宅〟したのだったが、どうも不穏な状況になってきた。

七年前に性犯罪で服役し、被害者側は元より、その関わるところのすべての人生を狂わせ、あらゆるものを解体してのけた父親の、刑期満了による出所と云うのがどうやら近付いているらしいのだ。

勾留直後に、相手が最早手出しも出来ぬ境遇に乗じて強硬なる離婚の手続きを迫った克子は、今になってその報復に脅えていた。何しろ激情型の男であり、やはり、と云うべきか貫多の製造元のことだけあって、ひどく非人間的で卑劣な執念深さを有している男でもある。

十中で九・九九までは、罵声を浴びせて去っていったところの、その元妻を探し出そうとするに違いない。そう確信させるだけの性質の持ち主であったのだ。

そんな面倒そうな、下手をしたらこちらの命の危険も伴いかねぬ危険な展開に巻き込まれることは、貫多は真っ平御免であった。

それは、必ずしも彼や克子が〝最悪のケース〟として想定している通りの流れにはならないかもしれぬ。あの凶暴な性格も、或いは長の刑務所暮らしで少しは矯正された可能性だってあろう。

が、こればっかりはいくら前もって考えてみたところで、所詮はどうにもなりはしない。結句あの父親が取る行動は、おそらく当人にしてみたところで、実際そのときになってみなければ分かり得ぬ事柄に違いあるまい。

なればここは尚更に、早めにあの母親の周辺からは逃げておいた方が賢明である。

　万が一に克子がその手にかかって殺害されたとしても、すぐと父親は捕縛されることであろう。そうなれば無期懲役は確実で、今度は最低でも二十年は出てこられないだろうから、彼の身はその間は絶対的な安泰が保証される――なぞと云うのは半ば与太話としても、とあれ貫多は、もうこれ以上はあの父親に関わることは断固拒否したかった。

　その倅と云うだけで、わけの分からぬ罪なき罰を背負わされ、一生消えぬ引け目とハンディキャップを課せられただけで、もう充分である。

　解体した瓦礫の中から自身の人生の模索を続けることのみが、彼にとっての目今の重要事である。なので、何んの選択肢もない子供時分ならイザ知らず、十七歳にもなっている現在は、とてもではないがこれ以上の肉親間のしがらみに足を引っ張られている場合ではなかった。

　――と、何やらいっぱしの受難者風のことを語りつつも、貫多はその最後の訪問と位置付けたところの今回一週間ばかりの〝帰宅〟に於いても、例によって克子の財布より所期の目的である五万円の金をせしめてきたのだから、全くこれではどっちが足を引っ張り、肉親間のしがらみで苦痛を与えていることかは知れたものではなかったが、とあれ彼はその金子と、洋食屋を文字通りに叩き出されたときに得たところの日割り給料の残りとを併せた計十三万五千円也の軍資金を懐に忍ばせ、早くも心機一転、新しい宿を探すべく小田急線に乗って都心に戻ってくると、一寸考えたのちに水道橋の駅に出てみることにした。

そこは貫多にとっては生まれ育った江戸川界隈よりも、或る意味、子供の頃から馴れ親しんでいたエリアである。

小学生の頃は日本ハムファイターズが大の贔屓球団だった彼は、毎年ファンクラブに入って特典の年間パスで二週に一度は一人でも後楽園球場に足を運んだものだったが、さて、この野球熱が醒めても今度は横溝正史を始めとする探偵小説に夢中となった中学生期になると、その種の安く手に入る本を求めて球場とは逆側の、神保町の古書店街をしばしば徘徊するようになった。少年時に途切れなく、通い詰める格好であったのだ。

で、ここは現在も古書目当てで頻繁に足を向けるので、どうせなら付近に棲んでみたい希望をまたぞろに抱いたものだったが、無論、その近辺で彼が借りられそうな安価な部屋なぞないことは、百も承知の上だった。

またぞろ、と云うからにはこれまでの転宿時には実際に幾度となく探していた。そしてその都度不首尾に終わって現実を思い知らされていたことでもある。

しかし、先にも云ったように父親譲りの未練たらしい執念深さを持つ彼は、今回も探すだけ探して、それでまた此度も止むなくの諦めがついたなら、狙いの矛先を根津か田端辺の安宿に変えれば良いだけだと思い、一応の敢行を試みることにした。

そして目についた不動産屋の、その表戸に貼った空室案内は一枚たりとも見逃さぬとの鼻息でもって歩きだしたのだが、後楽園は春日町付近から富坂を上がって大曲に下り、そこから右手の江戸川橋の方に折れようとするのを、念の為に左の飯田橋駅の側に寄ってみたら、これが全くの正解であった。

或る一社の年季の入った店先に、〈厚生年金病院ウラ。四畳半。トイレ、ガス、水道共用。一万五千円〉との、千載一遇とも云うべき打ってつけの貼り紙が掲げられていたのである。

これに一も二もなく飛びついたところ、幸いに件の部屋は本当に存在し、かつ、まだ空室になっているらしかった。

なので、一旦かたちばかりの内見ののちに、貫多は即決でそこを借りる意志を告げたのだが、このとき不動産屋の者が彼の満年齢に一応の難色を示しつつ、しかしこの場面でもまた、彼の坊ちゃん坊ちゃんした至極誠実で真面目そうな見た目の様子に騙されてくれたのは、例によって例の如しの事の運びであった。

彼はこれまでにも、かようなケースを己れのおとなしそうな善人風の風貌姿勢でもって、難なく潜り抜けてきたのである。

そしてもう一つ例によって、貫多は賃貸契約書の連帯保証人の欄には、克子の名前を勝手に書き込んだ。

次いで全財産を詰めた紙袋から取り出した三文判をつき、前家賃と併せての六万円を払ったところで、無事に日が暮れる前にこの新たな宿へ落ち着く次第と相成ったわけである――。

　貫多は身を起こすと、また一本煙草を吸って、そののちに立ち上がった。

　夕方も五時を廻ったとみえ、少し四辺が薄暗くなってきたので、頭上の裸電球をつけたのである。

　その三十ワット程の不充分な照明の下で、引越荷物たる二つの紙袋を整理する。

　衣類を詰めた一つの方は、その状態のままで押し入れの下段にしまい、もう一つの十数冊の、これだけは手放す気持ちになれなかった横溝と大藪春彦作品の文庫本は、袋から出して室の一隅に積み重ねる。

　そしてアッと云う間に引越後の片付けを終えると、室を出て、少し付近を歩いてみることにした。

　従来の、いずれの転宿初日時と同様に、酒と煙草の販売機、それに滅多に利用はせぬが、銭湯とコインランドリーの設置場所は早々に把握しておく必要がある。

外階段を降りてゆくと、小さな印刷所が連らなるその路地には、未だけたたましい轟音が反響していた。

大病棟の裏手になる細い通りに立つと、左に行ったら駅へ向かうし、病院の表側へと廻っては大久保通りに出るだけなので、取り敢えず右の方角へ歩を進めてみる。

すると程なくして、やや小高い台地の住宅街に入ったが、その電柱に打ちつけられた住所表示板を見ると、〝新宿区　筑土八幡町〟となっている。

これはどこかで聞いたような町名だったが、一寸記憶を辿って、すぐと思いだした。

江戸川乱歩が大正十五年頃に住んでいた町である。『探偵小説四十年』中に、確かそう叙されてあった。

元々がその種の作家と小説が大好物であるところの貫多は、思いがけずも新しい宿の至近距離でかの町に出会わしたことに、ふいと感興めいたものが湧いてきた。

で、その認識を得て改めて見廻してみると、夕闇の中に古めかしい邸宅が立ち並ぶ眼前の風景には、成程、戦前の高級住宅地の名残りを感じさせる厳そかな雰囲気が横溢しており、或る家の門扉に嵌め込まれた年季の入った表札には、併記されている住所に〝牛込區〟との区名が旧字で記され、さる〝醫學博士〟の肩書を掲げた表札には、その下にいかにも乱歩の小説に登場しそうな、いとも珍しき苗字が続いている。

これらの発見にますます興が乗った彼は、不審者よろしく界隈の家々の外観をざっと見て歩いていったが、何やらぐるりと一周したかたちの果てに坂を下りると、結句(けっく)は車の行き交う大久保通りにぶつかることになってしまった。

なのでそこからは素直に通りに沿って足を進め、途中に小綺麗な銭湯が営業しているのを認めつつ、神楽坂の中腹と交じわる地点に出ると、そこも右に折れてみる。

と、左右に商店が果てもなく続くその右側に、意外にも小ぢんまりとした古本屋があったので、彼はそこへ吸い込まれるようにして入ってゆく。

帳場の近くの棚に黒っぽい学術書が並び、他は最近の文芸書や漫画本、育児や料理の本が雑然と詰められているだけの、彼とは無縁たる品揃えのようなので、コの字型のコースでひと渡り眺めたのちに、入った扉と並行する戸の方から出てゆこうとすると、その寸前にて足が止まった。

出口手前の書棚の下段には恰も平台みたいな感じの簀の子が置かれていたのだが、その上に載せられている古雑誌に目が釘付けとなったのだ。

旧『宝石』誌の、昭和二十年代後半の号が二十冊ばかりも積まれていたのである。中には何んと『探偵実話』誌も、数冊がとこ混じっている。

これらの探偵小説専門誌を、貫多は神保町で三百円から五百円を出して消閑の材料とし、読み終わったのが溜まると購めた店に持っていって、全部で二百円とかで引き取ってもらっていた。

従ってそれを売っている三店程の在庫品は彼がすでに内容を読み尽くしているか、或いは昭和二十四年以前の一冊三千円も四千円もする、おいそれと手の出ない号ばかりになっていたので、この新しい供給元の登場は、心中で快哉を叫びたいものがあった。

　が、喜びいさんで手に取った雑誌の、その裏表紙に貼られたシールに目をやって、貫多は愕然とする。

　七百円だの八百円だのの高値が付けられているのである。『探偵実話』に至っては、無情にも千円との売価が書き込まれていた。

（おいおい……専門店でもないくせに、随分としっかりしてやがるなあ！）

　心中でほき出したものの、しかし『探偵実話』の内の一冊には、その粘りつくような不可思議な文体に魅かれている、潮寒二の未読の短篇が載っていたので、しょうことなく彼はそれ一冊のみを、帳場に座る上品そうな老婦人に差しだす流れになったものだった。

　そしてその包みを手にして店を出て、更に右側へと神楽坂の通りを進んでゆくと、やがて左手の奥に新潮社らしき建物があったので、一寸その方へと寄ってみる。

　彼は昔から文庫と云えば角川文庫であり、それで育ってきたクチなので、かの老舗出版社には何んの思い入れもなかった。が、昭和七年に同社から書き下ろしシリーズで刊行された『新作探偵小説全集』での打合わせとして、同社の応接室のソファで執筆者の乱歩に横溝、森下雨村、甲賀三郎、大下宇陀児、水谷準、橋本五郎らの当時の錚々たる探偵作家が寛いでいる有名な写真は、やけにこう印象深いものとして脳裏に刻まれていたので、何んとなくその残影を求めるような気持ちで足を向けてしまったのである。

で、このデンで彼は天神町から江戸川橋に進んでくると、今度は足ついでに音羽の講談社も〝見学〟しに行こうと云う気になった。

この方は、昭和三十年の『書下し長篇探偵小説全集』である。その第十三巻、鮎川哲也の『黒いトランク』に付された著者近影中の、荘厳な社屋の荘厳な階段を背景とした、何んとも五〇年代の和製ミステリに相応しき構図の良イメージに引きつけられてのことである。

そしてそれを初めて望見して一応の満足を得た貫多は、もと来た道を江戸川橋まで戻ったあとは石切橋から新宿区内に入ることにしたが、すると先程の筑土八幡町へ通じて行きそうな路地の手前で、その頃創刊されたばかりの文庫レーベルで過去の探偵小説のアンソロジーを続けて出していた双葉社、また宿の近くでは言わずと知れた東京創元社を見つけ、何やら当初の目的から逸脱した格好の〝その種の出版社巡り〟の散歩みたようなものを目一杯楽しみ、弁当屋で海苔弁を一つ買った上で、さすがにもう周囲の機械音も止んでいた四畳半部屋に帰り着いたのだった。

無論、弁当は夕食としてではなく、その前に腹におさめる間食としての為である。

それを裸電球の下で飲み込むようにして平らげると、貫多はまたぞろ煙草をくわえて畳の上に横になったが、ひとまずの腹ふさげを終えたら、さすがにその脳中は飲酒慾よりも、次のアルバイト探しのことの方で多くが占められていた。

どうで適当な口が見つからなくとも、イザとなれば港湾の日雇いに出てゆくまでなのだが、彼の体には先週辺りまで従事していたところの、あの洋食屋の

——飲食店のラクさと云うか、肉体的にも精神的にもすべての面で人足仕事よりかは割の良い美味(うま)みの余韻が残っていた(「蠕動で渉れ、汚泥の川を」参照)。どうせなら、今回もまた同種のアルバイト職に就いた方が得策ではある。幸い此度は、うまくやりくりすれば一箇月先の給料の支払いに対応できるだけの、手持ちの金がある。

つまりは従来のように、その日に稼いだ金はその夜のうちに費い果たすが故に次の日も人足をするより他のない、あの日払いシステムの悪循環に嵌まることなく、人並みの月払い形態の仕事にも何んとか対応ができそうなのである。(まア、何んだな。こうして食べ物屋のラクさ加減に味をしめちまった以上は、とあれそいつを探してみることだなあ……)

との結論を以て、貫多は明日以降の職探しの憂いから早々に頭を切り換え、先程歩いた町々の光景を脳中で反芻した。

そしてそれらをやはり頭の中で方眼図的に整理し、その中で向後開拓すべくの安酒場がありそうなエリアを、あれこれとピックアップし始めるのだった。

二

翌朝、ここ一週間程で、それがすっかり慣習化した十時過ぎに目を覚ました貫多は、畳から身を起こすと同時、マラを朝勃ちさせたままの状態で共同便所に向かい、ついでに隣りの共用の流し台で顔を洗って戻ってくると、早速に押し入れの中の、文庫本を入れておいた方の紙袋の内より履歴書とボールペンを取り出した。

しばしば購めていた、日刊の求人雑誌の巻末に付いているのをストックしておいたやつである。

そしてものの一分程度で雑にそれを書き上げると、四つ折りにしてジーンズの尻ポケットに突っ込み、宿を飛びだしてゆく。

その貫多が目指した先は、まずは走れば二分程度のところの国電の飯田橋駅であったが、しかしそれ以降の確たる目途と云うのは全くついていない。彼は初乗り区間の百三十円の切符を買って、取り敢えず総武線の千葉方面の下りに乗ってみる。

貫多の一応の狙いは、駅のホームや構内で営業している、立ち食いそばのスタンドであった。入口に、求人募集の貼り紙を掲げてある、その種の店であった。

自身が頻繁に利用するだけに、そのおそばを拵えるまでの一連の流れは傍目に眺めて掌握している気になっていた。それは何んとも簡単そうだったし、はっきり云ってバカにでも出来る単純作業にも見受けられたので、これなら中卒者の自分でも雇ってもらえるだろうと踏んだ上で、軒並み当たってみることにしたのである。

即ち、百三十円の切符でまずは次の水道橋駅のホームに降り立ち、そこで不首尾だった場合はそのまま再度電車に乗って次なる御茶ノ水駅へと移動し——と云う塩梅式で、これを目的を達成するまで繰り返そうとの腹であった。この方法なら、改札の外へ出ない限りは百三十円で延々と移動を続けられる。

だがイザやってみると、その口探しはやはりと云うべきか、そううまくは貫多の甘な思惑通りにゆかぬものではあった。

案に反して求人募集をしていた店は、どこも貼り紙上では〈年齢五十歳くらいまで〉なぞ謳いながらも、その実は主に学生や主婦のパートを対象にしているようであり、おまけに、たかが立ち食いそばのくせして、えらそうに〈高卒以上〉との学歴を条件に加えている。

で、貫多は両国まで来た時点で、そこから先は自身の生育地の近くとなり、子供時分からの馴染みのエリアでもあるのを厭うて、やむなく一度秋葉原に引き返し、山手線の方に河岸を変えてみることにした。

しかし、この手のスタンドは経営している元が同一の食品会社が多いとみえて、貫多にとっての悪条件は、路線を変えたところで結句は変わってくれないのである。

それでも、そんなにして駅から駅へとを南下してゆくうちには立ち食いそばではなかったが、構内の改札近くの食べ物屋に、学歴の点は何も記していない求人の貼り紙があるのを見つけることができた。

中に入り、おそるおそるで用件を伝えると、どうもそのまだ若い、店長らしき細身の人物が求人採用の権限も任されているらしく、胸をどきつかせている貫多を、早速明日からとの即決みたいな流れでもって難なく雇い入れてくれる。

それまでが理不尽な苦戦を強いられていた格好であっただけに、この急転直下の好展開は彼としても些か拍子抜けするようなものがあったが、とあれ望んでいた業種での新たな働き口を得たのだから、そこに文句のあろうはずもない。

貫多は安堵の中に、何やら久方ぶりの労働意慾みたいなものを漲らせつつ、意気揚々と水道橋に引き返していったのである。

飯田橋でなく水道橋で降りることにしたのは、改札の駅員に、初乗り駅からの初乗り切符による初乗り駅での退場と云う、そのいかにも怪し気な行為を疑われないようにする要心の為(も何も、実際には間違いなくキセル乗車を行なっているのだが）だったが、さてそこで下車すると、このまま歩いて宿に帰るにはまだ全然時間も早いので、その足は自ずと神保町の古書店街の方へと向いてしまう。

そしてついでのことに、一昨年だかに新刊で出ていた鷲尾三郎のカッパ・ノベルスを、三省堂でまるまる一冊読み上げてやろうとの思いも、その時点で確とふとこっていたものである。

明朝は九時からと云うことなので、八時少し前の起床を目指した貫多は、その夜は早めに畳の上に身を横たえて、枕がわりのトイレットペーパーに頭を載せた。

彼はこの段になって、あの洋食屋をクビになって出てきた際に、毛布を詰めたもう一つの紙袋を、浅草辺の道端のゴミ集積所に捨ててきたことをかなり後悔する気になっていた。あのときは、もう陽気も暖かくなってきたことだし、嵩ばる手荷物は少しでも減らしたい思いがあったのだが、花冷えとでも云うのか、四月初旬の夜はまだそこはかとなく薄ら寒い。

例年、火の気の一つもなく過ごしていたが、今年は眠るときに体へかけるものが一枚もない状態は、些かのつらさを感じていた。一昨日の夜までは、エアコンも電気ストーブもある克子のアパートで暖衣飽食を決め込んでいただけに、余計と今のすべての皆無状況が身に堪えているような面もあった。

ただでさえ、このところは明け方まで起きているのがまた習慣として復し、眠りに落ちるタイミングがすぐとは調整できぬところへもってきての、この薄ら寒さである。

当然に、なかなか寝つくことはできなかった。

寝つけぬまま、体にガチガチに力を入れて身を縮こませる貫多は、克子の例の、あの話のことを思いだしていた。

父親の、出所に伴う不安の一件である。

が、こればっかりは、いくら考えたところで到底解消される類の問題ではない。

　彼自身も重苦しい程に気にかかりながらも、だからと云って、どうにかできるような事柄でもない。単なる思い過ごしかもしれないのだ。

　——その答えの見つからぬ堂々巡りの思考に、いよいよ眠ることの不可能さを覚った彼は、やがてムクリと身を起こした。

　そしてハイライトをくわえると、気分の転換を求めてトランジスターラジオのスイッチを、どこか悄然とした態で入れてしまうのだった。

三

　結句は明け方頃にようやく眠りについた貫多は、危うくそのまま寝過ごしそうになるのを何んとか免れ、九時までには目的の××駅に降り立つことができた。

　そして通勤ラッシュ時の足早な人波の動きに合わせる格好で階段を下り、私鉄との乗り換え改札の手前に三軒が並ぶ店舗の一つに駆け込んでゆくと、彼が口を開こうとする前に、その十坪程の店内の、L字を反転させた形状のカウンター内にいた男が、

「そこからぐるっと廻って、こっちに入って」

と、全くの承知顔でもって、よく通る声をかけてきた。

云われるままに七、八人程の客が一列に座っている背後を進み、突き当たったところの左側にかかっていたぶ厚いカーテンをめくると、そこは掃除道具やらボストンバッグやら紙袋やらが雑然と置かれた小空間であり、傍らの台上には一寸古びたタイムカードの打刻機が載せられている。

で、その正面のもう一つのカーテンをめくったところが厨房と云うか、カウンターの内側へと繋がっていた。所謂、オープンキッチンと云うやつである。

「あ、そこにいて。今、私そっちに行くから」

再度声をかけてきた男はひどく小柄な、四十代にも五十代にも見える、あまり良くない意味で日本人離れした顔付きをしていた。

つまりは、目鼻と口の造作がいちいち大きくて変にくっきりとしており、何んだか異星から来た生物みたいな感じである。

「北町くんでしょ。店長から九時に来るって言われてたんで、待ってたんですよ」

すぐにカーテンの内側にやってきたその小柄な男は、そんなにして貫多と向き合ってみると、背丈の低さが一層に際立ってみえた。

貫多も百七十七センチなので特に長身と云うわけではないが、先様が被っている帽子の頭頂部は、彼の胸の辺りにあった。

「まず、タイムカードを押してもらいたいんだけど……ああ、もう九時を一分、過ぎちゃってるね。じゃあ、初日から遅刻扱いになるのも可哀想だから、私が教え忘れたってことにして、これはこのままにしておこうか。あとで店長が聞いてきたら、私からそういう風に説明しておくから」

「はあ。すみません」

「大丈夫、気にしないで。だったら上着だけ制服に着替えてもらおうかな。それと、これもかぶって下さい」

小柄な中年男は少し甲高い早口で言いつつ、横に二つ積み重ねられていたカラーボックスの中から、たたまれてクリーニング屋の袋に詰められている、白地に水色のストライプの入った上っぱりと、白無地の、水泳キャップみたいに頭頂部が平たい帽子——自らが身につけ、頭に載せているのと同種のものを取り出し、貫多に手渡してきた。

そしてそれに従ってから、最後に貸与されたところの薄汚れた白いゴム長靴に履き替えた貫多がカウンター内に入ると、まず最初にやってみるように言いつけられたのは皿やコップ洗いの役であった。

先の洋食屋でもこれは日に何度となくこなしていたが、そこで使用していた自動の食器洗浄機は、ここには——この、カレーライスとソース焼きそばのみを供するスタンド形式のチェーン店には存在しなかった。

しかし、こんな洗い物なぞは軽作業中のうちの軽作業なので、彼はもう一人カウンター内で立ち働いていた、これもやはり小柄でやはり中年の女にゴムの前掛けとゴム手袋を出してもらうと、二つ並んだ流し台の、水を張った方のシンクに大量に突き込まれている器類に次々とスポンジを当てていった。

が、差し当たっての貫多の役割りはそれしかないとみえて、すべてを洗い終えても次の指示がないままに、彼は流し台の前に何んとなく立っているだけの状態となる。

するうち十一時を過ぎた頃合に、昨日の面接時に対応してくれた若い店長がやってきて、入れ換わるように中年の女の方が着替えを済ませて退出してゆく。

昼食時分に限らず、どの時間帯もわりと引っきりなしに客の入ってくる店であった。

午後も二時近くなってから、貫多は他の者に先んじて食事休憩をすすめられた。

カレーか焼きそばのどちらかを選ぶように云われたので、まずは朝から鼻孔をくすぐり続けていたところの、鉄板上で放たれるソースの芳香に負けて焼きそばにしてみたが、案に反して、まとめて作ったものを皿に盛っただけのそれは麺がムヤミとベチャベチャとしていて、折角腹は減っていたのに、余り美味しくはない代物だった。

この休憩時間は、一人三十分ずつを順番に行なうとのことは初手の面接時に伝えられていた。が、これはその段になってみると、かような狭っ苦しいカーテン内の小空間では、本来は僅かなはずの三十分間が妙に長く感じられる、案外に軽ろきストレスを伴うものであった。

夕方五時近くになり、店には大学生風の眼鏡男と、初老のおばさんが相次いでやってきてカウンター内に入り、代わりに貫多と小柄な中年男がこの日の上がりとなる。

——大体に於いてこれと云った労苦はなく、難しいことも何一つなさそうな仕事である。

これなら長続きもするかな、と思いながら貫多は改札口へと向かい、今しがた店長から渡された駅構内の通行証のようなものを駅員に見せ、同時に往路で使った切符を差し出す。

で、一度構内の外に出てから改めて切符を購めて中に入るのが、ここでのルールになっているらしかった。云われてみれば確かにこの手順を踏まないと、昨日貫多がやったように片道の料金だけで通勤の往復ができることになってしまう。

これはすでに定期券を支給されているはずの、かの小柄な中年男――天崎と云う名の、その人物の方もなぜか同じことをやらされていたが、件の通行証は見せ終わったら、国鉄で帰る者は再度構内に入ったその足でまたすぐに店に返却するのも、この店独自の規則になっていた。

なので貫多と天崎はこの二度手間を行なったのち、何んとなく一緒に上り線のホームへと上がってゆく成り行きとなった。

そして浅草橋で独り暮らしをしていると云う天崎とは、そのまま、また何んとなく秋葉原までの電車を共にする格好にもなる。

勤務中は終始被っていたところの帽子を取ると、天崎の頭は両鬢を残して、中央が見事に禿げ上がっていた。

「どう？　初日の感想は。疲れたでしょ」

並んで立っていた天崎は、座席の端の手すりを片手で握りつつ、傍らで吊り革に摑まっている貫多の顔を、斜め下から見上げてくる。

小柄ではあるが、筋肉質らしき引き締まった体型をしているので、どこか精悍な印象も感じさせるタイプである。

「いえ、それ程でも……ぼく、皿洗いしてただけですし」

「いや、すごく手際が良かったんで助かりましたよ」

天崎は、何やら慈愛に満ちたような声音でもって、労ってくれる。

その天崎は、本人曰く社員ではなくてやはりアルバイト勤務であるそうだったが、もう十年以上もあの店で働き続けている為に、朝六時半の開店から中年女が出勤してくる八時半までの間は一人ですべてを任せられているそうである。で、店長と云うのは他の駅に入った店舗も兼務していて不在のときが多く、その際は翌日分のカレーの仕込みを一から十まで一人でこなしているそうである。

そんな〝自分情報〟をいとも得意気な顔付きで、実にうれしそうにバイト初日の貫多に披瀝してくるのだ。

その問わず語りは更に続いていたが、やがて天崎は、ふと思いだしたようにして、

「そういえば、あれは、何を言われていたの？」

と、尋ねてきた。

これに貫多が、何んの話を指しているのか分からぬ怪訝な表情を振り向けると、

「ほら、朝の時間帯に、もう一人いたでしょ。あの小っちゃい、チリチリ頭の、女の……」

小柄な中年女のことを表象的に示してくる。

「はあ」

「彼女、北町くんに洗い物について何か注意していたみたいだけど、あれは、

何を言ってきてたの？」

「…………」

「思いだして」

「……ああ、そんなに長々と水に当て続けなくっても、サッと流すだけで洗剤は落ちるから、とか確かそんな風に言ってらしたような……」

「そう。そんなこと言ってたの？　そうなんだ。でも、気にしちゃダメだよ。彼女は、新しい子が入ってくると変に張り切って、いろいろと注意をしたがる人だから。そういう出しゃばりな性格なんだろうね、きっと」

「はあ、成程。特に気にとかはならないです」

「そう。だったら、よかった」

天崎はそこで貫多の肩を、パンと下の方からはたき上げてきた。

そして乗り換え駅に着き、各々異なるホームへと別れる段になると、

「じゃ、ゆっくり休んで。明日、またよろしくお願いしますね」

と、片手拝みみたいな仕草をしてみせ、チョコチョコと足早に去っていっ

た。

　何かと、親切そうな人物である。

　筋肉質な体つきに似合わず、そして異星人的な異形の風貌にも似合わず女性的と云うか、物腰のソフトな至って穏やかそうな人物である。

　だが、その天崎が単に根っからのあたたかな善人風ばかりの性質でもなさそうなことは、貫多はこの初日の時点で薄々感じ取っていた。

　と云うのも、件の店ではカレーを扱うわりにトンカツやメンチ、コロッケ等の用意は一切なく、メニューと云えばカレーライスとソース焼きそば、乃至肉入り焼きそばの各普通盛りか大盛りに、あとは豚汁と胡瓜の浅漬けがあるのみなのだが、この浅漬けは容器に入れた一人前分が、何故かカウンターの置き台のところに等間隔に並べ置かれていた。

　またその容器と云うのがガラスで出来た、中なる漬物の量に比して随分と大ぶりのものであった為、人によっては、それはカウンター上にやはり等間隔で配置された無料で取り放題の福神漬と同じシステムのものだと思うらしく、無言で箸をのばしてつまんでしまう事態を、彼はこの日に二度まで見ていた。それをやってしまいそうな人に当たりをつけて、凝と眺めていたわけではない。いずれも、その瞬間を狙いすましたかのようにして放たれた、

「お客さん、それ、八十円を頂いてるんですよね」

との、天崎のピシャリとした声がけによって気付かされていたのである。すると言われた方は、元より代金は引替え払いなので、すぐと気恥ずかしそうに小銭入れを取り出すのだが、これは見ていて、あまりいい気持ちのする光景ではなかった。

しかしその際の天崎は、そんなにしてバツが悪そうにしている相手をどことなく冷たいと云うか、むしろ嗜虐的な色を浮かべた目付きで正面から見据えていたことからも、貫多はこの人物のもう一方の面を窺い知る思いがしていたのである。

三日も経つと、貫多はその店の仕事にすっかり慣れてしまった。

二日目からは食器洗いの他に接客の方もするようになったが、土台、出来上がっているものを皿に盛って出すだけの工程に、何んの造作があろうはずもない。

唯一の苦と云えば、カーテン内での食事休憩時間中も含め、この店内ではまるで煙草を吸えないことであり、初日こそトイレ(は、駅の構内にある一般の公衆便所を使うのだが)に用足しに立たせてもらったときに、その都度せせるようにして一本を隠れ吸うことでどうにか乗り切ったのだが、次の日からは特に尿意に迫られていなくてもそれを番度申告し、店を出た瞬間から煙草に火をつけて一本を吸いきり、更に便所の個室にて悠然ともう一本をふかしてくるようにもなった。

その点では、慣れると同時にすぐに緩み、悪度胸を固める持ち前の悪癖が忽ちに発揮されてしまったのである。

で、これはその緩みとの因果関係があるかどうかは不明だが、少くとも心に少しく余裕を取り戻していた貫多は、その職場でもって早速に恋をした。

無論、午前中にいる、あのチリチリ頭の中年女にではない。

その店が入っている駅の、構内で見かけた相手に恋をしたのである。

事の起こりは、トイレでの喫煙を終えて店舗に戻る途次だった。前方の、改札口の方から歩いてきたその女性は、一見して地味な印象であった。

スラリとした高身長ながら、どこか日陰のモヤシ的雰囲気を漂よわせた風情と云い、パーマを当てぬ肩先までの黒髪の重々しさと云い、更には白ブラウスに薄茶のベスト、焦茶の膝下スカートと云ういで立ちの色合いのコーディネートは合格だが、しかし一昔前の上京したての女子大生みたいな芋臭さ等は――

これすべて貫多が大いに好むところの、理想とする女性の一タイプであった。

その際はすれ違ったのちに振り返って後ろ姿を凝視し、そして何んとはなしの溜息をつくだけに終わっていたのだが、翌日、つまり勤務四日目の同じく午後四時前の時間帯に、今度は店のカウンターの中からガラス壁の向こうを横切っていった彼女を再び目にすることとなり、ここで貫多のかの女性への懸想は決定的なものとなった。

そしてこの望見が、また翌日の四時近くに同様に繰り返されたとき、貫多は咄嗟にトイレ休憩申告時の、店内でのその旨の隠語を誰に告げるでもなく口走って持ち場を離れると、店の外に出ていってしまったものである。

出ていって、かの女性が去った方向を目で追うと、この日は花柄らしきジャンパースカートのようなものを身につけ、肩に大きめのショルダーバッグをかけていた後ろ姿は、都心とは逆方面のホームへの階段を上がりかけているところであった。

当然、それ以上は追えなかったし、また追っていったところで、いきなり声をかける勇気もありはしなかった。

しかし、貫多は幸福な思いであった。多分は見た目の通りに大学生なのであろう。この駅の最寄りの学校に通い、連日同じ時間帯に同じルートを歩いているものに違いあるまい。

そしてここが肝心なところだが、まだ見かけたのは三回目とは云え、いずれの場合も一人でいるところを見ると、どうも恋人と云った類の存在はないようでもある。また、元よりそれがいるようなタイプにも見えない。

なれば彼としても、そう焦って軽はずみに行動へ移すよりかは、ここはじっくり作戦を練ってアタックした方が賢明であろう。

大学生であれば、最低でも彼より一歳からの年上の相手になるが、それは彼として大歓迎なところでもある。

(年上の女子大生と、セックス……うむ、悪くねえ展開だよな)

心中で舌舐めずりをした貫多は、うっとりとした心持ちのまま、半ば無意識のうちに店の方へと廻れ右をした。

すると意外にもすぐの背後で、天崎が異星人のようなギョロ目を彼女が今しがた消えていった階段の方に凝と据えていたので、貫多は飛び上がらんばかりに驚愕する。

「――急に血相を変えて表に行ったから、どうしたのかと思ったんだけど」

「…………」

「何か、あったの？」

「いえ、大丈夫です。別に何もありません」

しどろもどろに答えて、天崎の横をすり抜けて店の中に入ってゆこうとすると、

「……トイレには行かないの？」

背中の下の方から尋ねられた。その声は、先日耳にして冷やりとした、あの浅漬けの客に投げていたのとよく似た感じの響きを含んでいる。

これにその口実を思いだした貫多は、照れた作り笑いを浮かべたのちにやむなく煙草の方の用足しとして便所へと向かったのだが、さて彼は歩きながら、も少しあの女性の情報を得る為に近々に店を早引けするなりして、一度本格的な尾行を敢行してみようかとの、邪しまな計画を思い描いたりもしていた。

四

それから、一週間が経った。

貫多は週一回、日曜日に割り当てられた休日以外は連日その店に働きにゆき、そして連日一人で通過してゆく件の女性に、一瞬の熱き視線を送っていた。

それはそれで、一面において幸福な境遇のはずだった。片恋の切なくも甘い胸の高鳴りは、あれはあれで、まだ希望の持てるうちは心地良い懊悩でもある。

だが、貫多の心は暗く塞いでいた。

あの女性のことを、やはり無理にも諦めようとしていたのである。

はなは有頂天になって、尾行してみようだの、どう声をかけようだのを嬉しく夢想していたのが、そんなにして想いを募らせ、日を経てるごとに尚とその度合を強めてゆくうちに、いざ彼女に当たってみたときの最悪の結果をみるケースが、どうにも恐ろしくなってしまったのだ。

貫多の場合、例の父親のことでも大いなる引け目があった。

仮に、首尾よくこちらの望む展開になったところで、その父親の事件を知られたら、もう終わりである。

犯罪の内容が内容でもあるので、まともな感覚の相手ならその瞬間から距離を置きだし、やがてフェードアウトしてゆくことだろう。

それは、一面止むを得ないことでもある。

しかしそうだからと云って、ただその止むなき偏見に甘んじるには、貫多として納得できない思いがあった。心中のどこかで、まだ承服しかねる部分を持っていた。

彼もまた、犯罪加害者の伜と云う自らの立場に諦観はあっても、その罪なき罰を背負わされ続ける境遇を達観し得るには、まだまだ程遠い状況であった。

なので――と云うのも妙な流れだが、その想いと思いが交錯して屈折し、そして鬱屈していったところの貫多は、かの女性のことを心中でムヤミにこき下ろすようにつとめだした。

その女性の百年の恋も醒めるようなマイナスポイントを探しだすことによって、己が想いを断ち切ろうとの情けない魂胆である。

とは云え、マイナスを探すと云っても、所詮は店の前を通るのを一瞬見かけるだけの相手に、そんなのは本来、探しようもない話ではある。

すると貫多は、その女性が通り過ぎる際に、珍しく彼を、ではなく店内をチラッと一瞥していったのを捉まえて、それをカレーの旨そうな匂いに魅かれてのものと勝手に決めつけた上で、

(あれは、きっと今頃はカレー食べたさでよ、口の中をヨダレでダブダブにしているに違げえねえ……うむ。下の口は汚物でドロドロのベタベタで、上の口はだらしのねえヨダレでダブダブになっているに違げえねえ。この女郎の頭の中は、所詮は食うこととチンポのことだけなんだろうな。全く卑しくて食い意地の張った、浅ましいブタ女だぜ……だったら、さぞかしひり出す糞便もでか

くて、そして恐ろしく臭せえことだろうよ。こんな汚ねえ女はノーサンキューといきてえもんだわな）

と、嘲った。

かように幼稚な、虚しい真似をしてでも、その女性の面影を頭から取り除き、消し去ってしまいたかった。

そんな折に、天崎が貫多に妙な誘いをかけてきた。

今度の日曜日に、自身の独り暮らしのアパートに遊びに来ないかと云うのである。

そしてその天崎は、

「妹の娘っていうのは、つまり私の姪っ子になるんだけどね。これも来るんだけど。私と、仲がいいから」

と、そこで一度言葉を切ったのち、そのギョロリとした目玉を貫多の正面に

ピタリと据えて、

「今、高校二年なんだけどね」

彼の表情の変化を確認するようにしながら、ねっとりと付け足してくる。

貫多はこれに、手もなく嵌まった。

その誘(いざな)いに甘言風の不穏な匂いを嗅ぎ取りつつも、恰度、例のあの女性のことを忘れようとしていた折も折である。

天崎の血を引く姪では、その容姿には余りゾッとしないイメージが先行するが、もしかそれが案に反して十人並みか、最悪でも二十五点はつけられる容貌ならば、あの年上の女子大生（か、どうかは分からなかったが）を完全なる忘却の淵へ叩き込む為の良いはずみになるかもしれない。

また、つき合う段取りを構築するにしても、年上よりかは一つ年下の高校生の方が、やはり事の運びはスムースにゆくものかもしれない。

それにこのときの貫多は、こと素人の女体に関しては、昨年夏につき合った、あの悪夢みたいな馬鈴薯ブス一人しか知らなかった（「貧窶の沼」参照）。

だからこの際、相手が二十五点以上なら――イヤ、或いはもう少し下のレベルであっても、是非誰かとつき合ってみたかったし、そも彼は洋食屋を馘首された際には今度こそ人並みの生活を送り、仕事を終えたあとや休日には恋人と仲良くデート等をたしなむ日常を手に入れようと期してもいたのだ。

で、その初心が忽然と蘇えりもした貫多は、それやこれやを考え併せた上で、この天崎宅への訪問と云うのを快諾してしまったのである。

すると天崎は、その答えに異様に目を輝かせて、殊の外に満足そうな色を浮かべてみせるのであった。

そして約束した日曜日が来るまでの二日の間は、天崎の機嫌は目に見えて麗しげだった。

いつだったか内心の不快感を言葉の端に表明していたところの、午前中だけ働いている中年女に対しても、「奥さん」なぞ、それまでになかった呼びかけをしながら、妙に快活な調子で話しかけたりしていた。

またその週は、店長は他の店舗へ詰めっきりになっていた為に、貫多は天崎と二人でカウンターに入っている時間がやけに多かったのだが、昼食の休憩時になると、この天崎は、

「いつもカレーばっかりじゃ、飽きちゃうでしょ」

と、貫多にその問いへの同意を促した上で、冷蔵庫からスーパーで売ってる品と覚しき、パック詰めの牛肩スライスを取り出しつつ、

「おいしいの、作ってあげる」

なぞ一寸気色の悪いことを言い、いそいそとした様子で、そのパックにかかったラップを剝き始める。

店の〝肉入り焼きそば〟で使っているのは業務用のビニール袋に入った豚肉なので、そのスライス牛肉は、天崎が自前で用意してきたものらしい。

で、出来上がって出されたのはヘンな牛丼みたいなやつであったが、これが言うわりには、そう美味しいものではなかった。

これだったらば、この店のあまりうまくもない焼きそばを供された方が、全然有難いと思える不美味さであった。

手作りしていたタレの、調味料の配合がどうにもおかしいのである。

（――この野郎、いっぱし料理人ぶってみせてやがるが、その正体はやっぱりただのトーシローだな……）

貫多は心の中で天崎を小馬鹿にして呟きつつ、しょうことなしにまずいドンブリをかき込んだが、しかしその呟きの台詞からも窺えるように、彼はこの辺りでは、そろそろかの中年男を敬遠の対象視し始めていた。

十代の頃は、とかく五十代の中年男を見下しがちとなる。それが冴えない独身のアルバイト生活者であれば尚更のことに、もう先も見え始めているであろう目的とてない人生を生きていて、こいつは一体何が楽しいのだろうかと思ってしまう。

少なくとも、貫多はそう思ってしまう質である。自分はあと十年経ってもまだ二十代だが、其奴らの十年後は生きていたとしても、最早人生終わったも同然の、惨めで哀れな六十過ぎのジジイであると云うことで、その存在がどうにも不様なものに映ってしまう。自分の老いは、はるか遠くの先であり、想像すらもできないが、比奴ら五十代はもう棺桶に片足突っ込んでいるも同様の、無意味きわまりないゴミクズなのである——との蔑みかたをしてしまう。

が、この天崎の場合はその種の見下しとはまた別に、やはり当初からの態度と云うか、その物腰には色々と怪しげで気味の悪い点が多かった。

そこに、警戒心が強まってきたのである。

考えてみれば、姪の話だって変なのだ。あのどこから見ても、やもめ暮らしのむさっ苦しき生活感しか漂わぬ天崎に、そんな若い女の身内がいる雰囲気は微塵も感じられない。

イヤ、或いは本当にいるのかもしれないが、しかし貫多にはその匂いを感じ取れない以上は、こんなのはもう、警戒するに越したことはないのだ。

天崎は、件の〝訪問日〟の前日にも約束の念を押してきた。貫多を見据える黒目がちの大きな眼球には、いよいよ怪しい濡れ光りが増していた。

その直視に恐怖を覚えて、彼はこのときも取り敢えず調子を合わせていたが、当然ながら約を履行する気はさらさらなかった。

やはり、気味が悪過ぎるのである。

これもまた、実際のところは彼の思い過ごしなのかもしれない。父親の件同様に、ひょっとしたら彼の思い過ごしであるのかもしれない。天崎が注いでくる視線に、彼が疑っているような秋波と云った意味合いは毛頭ないのかもしれぬ。

しかし元来が何事につけ要心深く、何事につけ保身第一主義でもある貫多は、妙な展開には間違っても巻き込まれぬよう、こんな薄汚ない中年ジジイとの約は敢然と白ばっくれる道を採ったのである。

五

さて、そんなにして当日は実際に、午前十一時に浅草橋の駅頭で待ち合わせなぞ云う約束の完全無視を決め込んだのだが、これはイザ実行してみると、予想していた以上に翌朝の出勤の足を重くさせるものがあった。

今更ながらだが、何んだかひどく気まずい事態が起こりそうな予感がして、その店に出てゆこうとする気持ちが鈍りがちになってくるのである。

そして当然と云うべきか、その予感は的中した。

この日の天崎は、カウンター内で貫多に対し、終始無言を貫いていた。

不機嫌そのものの固い表情で、仕事上の指示的な言葉もまるで発さず、彼の側からの必要最低限の問いにも反応を示さずで、何んと云うかこう、本当に気色の悪い存在になっていた。

まずいことに、この日も店長は午前中から他店に行っていて不在であり、パートの中年女が帰って二人だけになってからの時間は、全く居たたまれないような針の筵(むしろ)状態である。

そこへもってきて、夕方の四時近くには例によってあの女性が目の前を通ってゆく。

云うまでもなくこんなのは、その時間帯を貫多の方でそれと意識し、絶えず店のガラス壁の向こうを注意深くチラ見していなければ、対象たる相手は発見できぬはずである。

あれだけ忘れようとしていながら、結句はこの日もまたそれをやってしまっている己れの未練が、貫多は我ながらひどく情けないものに思われた。

こうなってくると、どうもこのバイト先は、自身にとって精神的にマイナスになるばかりである。

こんな、話したこともない通りすがりの女性に一方的な岡惚れをした挙句、連日不毛な独り相撲を取らされたり、気持ち悪い五十男の機嫌気褄に無意味に翻弄されるよりかは、その作業ははるかにきつくても、誰も相手にせず誰からも相手にされずの日雇い人足に出ていった方が、幾分かマシな仕儀のようにも思えてくる。

それに貫多は、基本的にこの店の仕事の内容に、少々飽きを感じてもいた。

はな彼は、先の体験上から飲食店はラクだとの固定観念を持ち、それでその種の働き先に再度の狙いをつけたものだったが、けれどラクと退屈では大いなる違いがある点には、てんで予測が及ばなかったのだ。

思えば貫多が先の洋食屋で、彼としては異例の五箇月もの長の期間を勤めることができたのは、それは自転車での出前配達がメインであり、また厨房での雑用も多岐に亘っていたからである。

そこに退屈や鬱屈を感じる隙と云うのが、土台、存在しなかったが故にである。もしクビになっていなければ、向後も延々とあすこでの仕事を継続していたに違いない。

それに比べて、ここでの作業は余りにも単調に過ぎるのだ。

こんなのは、それこそ天崎みたいな五十代の、他に就ける仕事もない下等な生き物や、或いは自身のあの父親のように、出所したところであらゆる面に於いて、もうどうにもなりはしない人生終焉者が従事させて貰うのが、まことお似合いの仕事なのだ。

自分のような十七、八の、身体剛健、頭脳明晰、容姿端麗の前途洋々たる未来ある若者が、うっかり居るべき職場ではないのだ。

——なので貫多は、五時になって退出のタイムカードを打刻する頃には、

（ここはもう、引き潮どきかもしれねえなあ……）

との考えを、ふとこり始めていた。

そして例によって一度構外に出てから通行証を戻しにゆくと、ひと足先に店を出ていた天崎が少し離れたところに立っており、見ぬふりして上り線のホームの方に歩きだした貫多が一度振り返ってみると、短かい手足ですぐ後ろをチョコチョコと付いてきている。

と、天崎はそこで目がかち合ったのをきっかけみたくして、

「——北町くん、昨日はどうしたの？」

この段になって、鬱陶しい問いを投げてきた。

これに貫多は、我知らず眉根を寄せる顔付きになりながら、

「はあ……あの、急にお腹を下してしまって、身動きができなかったもんですから……でも電話番号を知らないんで、連絡のしようがなくて」

自分でも陳腐すぎてどうしようもないと思われる言い訳を口にすると、天崎はその貫多の顔を、感情を抑えたみたいなじっとりとした目付きで下から見上げていたが、やがてフッと表情を緩め、

「そう。それだったら昨日のことは、もういいから」

と、言ってきたが、すぐと続けて、

「じゃ、次の日曜日に改めようか」

またぞろの誘いをかけてきた。

その真意を摑めぬ貫多が、暫時絶句していると、

「ちょうど昨日は、姪っ子も急用ができたとかで来れなかったから。来週仕切り直しの集合ということで、どう？」

目の奥に、またあの異様な濡れた光りを湛えながら、重ねて誘なってくる。

この瞬間に、貫多がこの職場から遁走する腹は、決定的に固まった。

本日を以ての、永久遁走である。

顧みると、先にはあの洋食屋から逃げ、そして危害と面倒の降りかかるを避

けて、父親からも母親からも逃げてきたことに引き続いての不様な逃走になっているが、どうで彼の人生は、今までもこれからも、所詮それの繰り返しになりそうなのである。

なれば目下のところはその辺りに不甲斐なさを覚えるよりかは、かの女性の存在を完全に脳裏から消し去る為にも、これは自身の為に是非ともやってのけるべき、有意義な遁走であると思いたかった。

六

一箇月後の夕方に、貫多はその駅の、改札口の一隅に立っていた。

軽く身を凭せた柱の位置から斜め前の遠方には、先般、ごく短期間働いていたカレーライスとソース焼きそばのチェーン店のスタンドがある。

一昨日に水道橋の製本会社での、短期アルバイトの期間延長の申し出を、その勤務態度の悪さの咎ですげなく断わられた彼は（「人もいない春」参照）、明日からは宿近くの、書籍の取次会社へ仕分け作業に出ることになっていた。

自身の、どうにも付きまとうヘマな巡り合わせに少しく苛立ちを覚えた彼は、該駅で見かけて岡惚れをしていた女性の姿をまた望見したくなっていた。未練にも、結句その存在を未だに忘れきることができていなかったのである。

なので、今日はかねてふとこっては打ち消していたところの、例の尾行と云うのを実践すべく、そこに凝と佇んでいたのである。

五本目のハイライトを吸っているときに、件の女性の歩いてくる姿をはるか前方に認めた。

煙草をくわえたまま、その薄茶色のカーディガンにデニムのスカートをつけた、例によっての野暮ったいファッションの後ろ姿についてゆくと、やはり彼女はこの日も以前にチラと確認したのと同様の、下り線ホームの階段に向かってゆく。

少し遅れてそこを上がっていった貫多は、しばし辺りを見廻して彼女の背中を探した。

その女性は意外にも、はな、視界の死角に入っていた階段口横のベンチに座っていた。

ややあったのちに、貫多の口からは金輪奈落の諦めの溜息が洩れ出る。

彼女は別段に、待ち合わせていた男とそこで合流していたわけではない。

喉を鳴らして、足元に青痰を吐きつけていたわけでもない。

やおらショルダーバッグから取り出した、写真の束を見始めていたのである。

まず写真屋の袋の中からそれを引っこ抜いたところを見ると、今しがたにプリントしたてのものであるらしい。

かなりの量が重なっているのを一枚一枚丹念に見ていたのだが、それを眺める彼女の面（おもて）には何んともうれしそうな明るい色が浮かび、口元は微かな笑みに綻んでもいた。

貫多はこの様子を見て、完全に此度の片恋を諦めた。

その写真に何が写っているかは知る由もなかったが、もうこの光景を目の当たりにしただけで、すべてを諦めざるを得なかった。

やはりこの女性は、自分とは全くの別世界に住む人種なのである。

いかな一人で無表情に通学だか通勤だかをしていても、それは当然にそのときの一景のことだけであり、他の場面ではごく当たり前に恋人や友人や家族と交流しつつの生活を、至って普通に送っているのであろう。

それらの者に囲まれ、共に写真を撮（うつ）す機会を日常的に持っている人種なのである。

こんな相手に、それらの類とは一切無縁の、あらゆる意味で負の権化みたいな野良犬の貫多が恋焦がれたところで、所詮どうにもなるものではない。

その現実を——一寸冷静になって考えれば、彼にも初手の段階で察しのついたであろう現実を、元来が頭脳明晰を自負するわりにえらく魯鈍にもできてるところの貫多は、このときようやくに件の光景によって気付かされ、そしてしたたかに打ちのめされる格好で思い知らされたのである。

貫多はもう一つ、今しも口より洩れでようとしていた溜息をふと思い直して飲み込んだあとには、最早傍目をふることなくホームの階段を下りていった。

こうなると、この〝後を尾けた〟と云うのが、何んとも恥知らずな破廉恥行為であることかにも、えらく気がさしてきた。

（――こいつぁ、あれだな。俺も、父親のせいにばっかりしてられねえよなあ……）

貫多の口辺は、我知らずの自嘲に静かに歪む。

そして上りのホームに移って、乗り継いだ電車を飯田橋駅で降りると、彼はそこでまた少し項垂れ気味に首を落としながら、病院裏の何も無い虚室へと帰るだけの歩を踏みだしたのである。

四冊目の『根津権現裏』

二〇一八年、十二月上旬の或る夕暮れ――宿に在室していた北町貫多の携帯電話に、新川からの久方ぶりとなる着信があった。

先達て貫多は、段ボール四箱分の不要書籍を、宅配便で新川の店に送っていた。新川は神保町で目録販売専門の古書肆「落日堂」を営む、貫多とはかれこれ三十年のつき合いになる人物である。

幾らかでも値がつきそうなものは古書業者間の市場に出し、あとは廃棄本として処分してくれるように依頼したのは先々月の初めのことだったが、今回の電話は、その件についての連絡であった。

以前は――十数年くらい前までは殆ど毎日の如く「落日堂」に赴き、仕入れの手伝い等をしてアルバイト料のようなものを貰い、他に番度（ばんたび）の数千円の寸借やら数万円の無理借りやらを重ねていた貫多も、現在ではせいぜいが年にかぞえる程しか足を運ばぬようになっていた。

電話の方も、彼が師と仰ぐ大正期の私小説作家、藤澤清造の資料に関するあれこれや、よっぽどの用事がない限りは互いにかけ合うこともない。

この折も随分と久しぶりになる会話と云えど、特に無沙汰を詫び合うこともなく、新川は市場に出品した分の落札値をいきなり報告してくる。結句（けっく）、値が付いたのは井伏鱒二のマクリの書と椎名麟三の色紙二枚、それに藤沢周平の色紙だけで、本の方は全滅のようであった。

かような結果は、一応は古物商の鑑札を持っている貫多も或る程度予測していたことではあったが、それでも川崎長太郎の戦後本十二冊と、八木義徳の外函欠の成瀬書房限定本は、こちらの止め値を超える札が入ってくれるだろうと思っていた。

これらは、より美本や完品をのちに入手したことに依って、彼の書架からは不要のダブリ本となった品々である。

「――やっぱり、あれですね。ラクして小遣い稼ぎなんてのも、なかなか上手くはできねえもんですなあ」

貫多が嘆息まじりにほき出すと、彼と違って至って善良な性質の新川は、

「市場に出したときの間が悪かったかもしれないな。お前さんから送られてきて、すぐに出していればまた違った結果になったのかもしれないけど、俺もちょうど体調崩したりして、通常市の少ないこの時期の出品になってしまったことは悪かったと思ってるんだよ。まあ、売れ残った分は、また年明けにでも何回かに分けて出してみるからさ。止めを低くしておけば、いつかは売れるだろよ」

と、どこか慰めるような口調で言い、そして続けて、

「それと、鷗外と広津和郎の全集は、市場の廃棄の方に置いてきたぞ。それで良かったんだな？」

と、問うてくる。

「ああ、お手数かけてすみません。それで、よござんす。どうで鷗外のは元々は三十八巻揃っていたとは云え、前回に半分処分してもらった残りだし、広津ともどども出しても札が入りっこないのは分かりきったことですからね。近頃の全集の値崩れぶりは、本当にどうにもならねえや。と云って、ぼくんとこにいつまでも置いておいたところで場所塞げになるだけだし、もう、仕方ないですよ」

「まあ、お前さんは鷗外とかは関係ないしな」

「いや、それもはなは清造絡みだったんですよ。そもそもね、二十年前にあの揃いを四、五万円だかで購めたのは、清造が鷗外の文章に心酔していたことを、一時期清造と同じ下宿屋にいた大木雄三が書いていたんで、それで入手しておいたんでさあね。実際、大正十一年の七月だったかの鷗外の葬儀にも参列していますし」

「だったら、それは処分していいのか？」

「まあ、そもそもが全巻を持ってる必要はないなと思ってさ。だから随筆と日記の数巻と各巻の月報だけは手元に残して、あとを送っておいたんだけど……けど、まだ要らねえものが山ほどあるんで、そいつを向後、順次送っていきたいんですがね」

「それは構わないけど、俺んとこも今は未整理本で一杯だから、それを送るときは前もって、こっちの了解を得てからのことにしてくれよな。急にいっぺんに送ってくるなよ……大体、どんな辺りの本なんだ」

「全集の揃いだと宇野浩二と久保田万太郎の大きい判の方。勿論、清造に関する記述の入った巻は抜くから、これらはもう廃棄の方ですね。それと同じく中公の水上勉の揃いと、文春の松本清張の一期と二期分。あと講談社の二十五巻の方の乱歩と、三一の海野十三とか。以上は揃いのままで手放すから、一応市場に出してみて下さい。そこそこの額になるのは筑摩の二葉亭ぐらいですかね。あと、初版本では水守亀之助と岡田三郎の一括と、加能作次郎十冊ぐらいに葛西のダブリ……それに上林暁と田宮虎彦と云ったところですかね。上林が署名入りを含めて二十冊、田宮は戦前本と併せて三十冊ぐらいになります」

貫多が現時点の、四畳半の方の書庫の棚列を思い浮かべながら諳じると、通話口の向こうの新川は、

「なんだ、去年ぐらいから結構処分してたようだけど、まだ田宮なんか残してたのか。古書としては、まったく高くならないけど」

驚いたように、頓狂な声を放ってきた。

「うん。一度は訣別したはずの田中英光のも、結句はまた全冊揃ってしまっただけでなく、何んかダブリまで出るようになってる。まあ、英光のはこの際、このまま所持し続けていてもいいように思えているんですがね、あとは藤澤清造関連のだけを残して一切合財を処分したところの、元の清造資料室、清造キ印の虚室に戻したいんですよ。どうも古書なんてのは、枝葉を拡げたのを持っていると足手まといになっていけねえわ」

「そうか。まあ古本屋の俺が言うのもなんだけど、お前さんも五十になって、だんだんと物欲みたいなものが薄れてきたのかな。まあ、悪いことではないよな。いいよ、処分したいものは片っ端から市場に出してやるから、少しずつ送

ってきな。まあ、お前さんは清造とその周辺の資料だけを逃さず蒐めていれば、それでいいだけのことだからな」

「うむ。違げえねえ……ああ、でもこないださ、ぼくんとこにある田中英光の自筆書簡をかぞえてみたら、またいつの間にか三十通を超えて入手していたことに、自分で愕然としたんですがね」

「おいおい、持ってるなあ！」

新川は、更に頓狂な声を張り上げる。

「持ってても、所詮は虚室だ。何もないも同然の、どこまでも暗くて虚しいだけの部屋ですよ。本当に、何もねえのと同義だ。その点、新川さんとこは家族もいるし、羨ましい限りですよ」

貫多は些かしんみりした調子で述懐してみせたが、無論のことに、これは彼の本音として出てきた言葉ではない。

彼にとって妻子だの家族だのと云うのは、それこそ足手まといの最たるものの対象でしかない。そんなものに囲まれて、それを養う為に自分を犠牲にし続けるよりも、いかな周囲から白眼視されようとも、独りで自身の小説書きも含めての、藤澤清造の〝歿後弟子〟道を邁進する方が、彼にとってははるかに手応えのある人生だと信ぜられる。

だからこれはあくまでも、会話の流れ上の放言と云うか、何気ない人並みのお世辞風な感じで口にしたに過ぎぬものであった。元来がかような独善的な考えに凝り固まっているから、貫多は清造以外の他人のことは一切の興味がない。当然親しい間柄とは云え、新川の私生活やその家族についても一向に関心はないのだが、新川の方も底抜けのお人好しながら、彼以上に他人に対しては積極的に関心を持つような質ではなかった。貫多の著作もこれまで殆ど読んだ様がないらしく、その理由としては「別に興味がないから」と、平然と言い放つ男でもある。

従って、かような無意味な世辞は述べ終えた瞬間にすぐと掻き消えて、我彼の会話は次の流れに乗って然るべきであったのだが、しかし、意外にも新川はそこで一寸口を噤んだ気配となり、そしてややあってから、

「――家族で思いだしたぞ」

と、低い声で呟き、

「お前さんは小説の中で、俺のことを変な風に書いているらしいな」

そこから妙な具合に話を展げてきた。

で、こう云われて、今度は貫多の方が一寸口を噤む格好となった。

思い当たるところが多すぎて、一体、どの作を指してのことなのかが分からなかったのである。

するとと新川は、

「なに黙りこくってんだよ。書いたらしいじゃないか」

重ねて詰ってきたが、やはり貫多はこれにもすぐとは返答の言葉が出てこなかった。このときは、新川が自分の小説を〝読んでいた〟事実の驚きが、一拍遅れてこみ上げていたが故の緘黙だったのだが、しかし一方では、その物言いのいずれもが伝聞を確認するニュアンスのものであることにも気が付いており、ここはひとまず先様の次の言葉を待つ態勢となってしまったのである。

と、案の定と云うか、新川は、

「このあいだ、××さんが来てな」

と、顧客の近代文学書コレクターの名を挙げたのち、

「いつだったかにお前さんの文芸誌に載ってた小説を立ち読みしてたら、俺のことが出てきた、って教えてくれたんだ。名古屋で、どうのこうのっていう下らない話を……おかげで、さんざん××さんに冷やかされたんだぞ!」

最後の方は何やら怒声に変化したので、貫多も思わず、

「それと家族と、どう云う関係があるんだい」

少しく尖った声を出すと、

「俺の家庭が崩壊するだろうが! ソープランドが、どうのこうのとかよ!」

一層の強い言葉を投げ返してきた。

しかし、それで貫多も合点がいった。新川が抗議しているのは、現在『文豪界』誌で続けている連載小説、「雨滴の調べ」の何回目かに書いた一節についてのようである。

　それは今からかぞえればもう二十年程の前に、新川に帯同して名古屋で古本の仕入れをし、そのあとで該地の大門辺のソープランドに共に寄った際のことを、作中に挿入したものである。

　その折にプレイを終えた新川の有り金が、妙に減っているのを訝んでよくよく聞いてみると、相手の女に正規のサービス料とは別個に三万円もの金を渡したとの由。で、その理由と云うのが〝唇にキスをしてくれたので、それに感激したから〟と云う、一寸こう、アレな感じのものだったので、生来スタイリストであるところの貫多は、向こう二、三年はこの男の顔を見たくない心境に陥ったとのことを、一エピソードとして叙していたのであった。

「ああいうことを書かれたら、俺の立場はどうなるんだよ。うちの妻の目にでも触れて、もし、熟年離婚なんてことをされたなら、いったい、どう責任を取るつもりなんだ」

「だってあんなの、もう時効もいいとこの話じゃありませんか。別に、大丈夫ですよ。誰も何んとも思やしませんよ」

「なに言ってんだ、バカ。そんなの、なんでお前さんが勝手に判断できるんだよ。現に俺は、××さんに笑われたんだからな。こんなの名誉毀損もいいとこだ！」

電話口の向こうの新川は、尚と怒りに火が廻った様相で言い募ってくる。これは、平生はどこかオドオドした様子が定着しているこの男としては、一寸珍しき憤慨の持続ぶりであった。

なのでこれに些か気圧されてしまった貫多は、はな、その怒りを宥めるような低姿勢なもの言いでもって、ひとしきり詫び言を述べてみたが、新川の方は一向に聞き容れる風を見せぬ。どころか、

「いいか、いくら私小説だからといって、書いていいことと悪いことってのがあるんだぞ」

と、さして利口でもないくせしてえらそうに、陳腐な台詞まで投げつけてくるので、段々に貫多の方でもムカッ腹が立ってきた。

「――うるせえな、一体いつの話を蒸し返してんだよ。あれは今年に入ってす

ぐぐれえに書いたんだぞ。それに、どうでぼくの書いたもんなんか誰も読んでやしねえよ。文芸誌なんて好んで読んでる馬鹿な奴らは、所詮馬鹿なだけに、何を言いたいのかまるで分からない作のみを有難がる習性があるんだから。単純に分かり易く書いてるぼくの小説なんか、ムヤミに軽ろんじるだけで絶対に読みやしねえから安心しろ。そもそも週刊誌や漫画誌と違って、雑誌自体が滅多なことじゃ人目にも触れやしねえしよ」

「何言ってんだ、そんな問題じゃないだろう！　もし俺が裁判起こしたら、百パー勝てるぞ」

「馬鹿野郎、何が、裁判、だ。聞いた風なことぬかすな」

「お前は、ひどい奴だ」

「しつっこいハゲだね、てめえも！　なら、一体どうしろってんだよ！」

遂には貫多の側でも癇癪を起こしたが、するとそれに反比例して新川の方は少しく口調のトーンを落とし、

「どうしろったって、もう何ヵ月も前に掲載されたものを、今更どうしようも

できないから……だったら、こうしろよ。その連載の小説は、いずれ単行本になるんだろう？　そのときに、俺のその名古屋の場面のところは削ってくれよ」

「…………」

「おい、それは必ずそうしてくれなきゃ、困るんだ。俺が迷惑するんだぞ！」

「……ふん。まア、それがこの件の、話の落とし所だろうね。分かった。じゃあ、いずれそうしてやりましょう。削ってやりますよ」

「うん。ぜひ、そうしてくれ」

ここに至って、やっとのことで新川は鉾を収めたかたちとなり、一応その小紛糾めいたものは結着を見たが、しかしその後味は、貫多の側では甚だしく悪かった。

その苦々しき思いを嚙みしめた状態で通話を終了し、旧式の携帯電話のフタを閉じた貫多は、ふとひとつ、溜息みたようなものをついたのち、

（まあ、何んだな。単行本になれば、の話だけどなあ……）

と、胸の内で呟いて、傍らの煙草の袋を取り上げる。実際、五流のゴキブリ私小説書きたる彼の売れぬ単行書は、当然ながらそうおいそれとは出してもらえないのである。

そこで貫多はまた一つ、ラッキーストライクの煙りと共に重い吐息をついたが、ふと思考の先を、いま抗議を受けたところの、「雨滴の調べ」の当該箇所に転じてみた。

――かの名古屋のくだりは、作中では新川の仕入れに帯同したものとして書いていたはずだが、これは現実には確かに古本絡みのことではあったものの、決して「落日堂」の仕事の範疇と云える性質ではなかった。

そこを事実に沿って書き込むと、話自体がグチャグチャになる畏れがあったので、仔細は割愛の上で変更していたのだ。

これの元々の発端は、貫多が藤澤清造の〝歿後弟子〟を志した、その直後のことにまで遡るのである。

貫多が藤澤清造の作を初めて読んだのは、二十三歳のときであり——と、ここで〝歿後弟子〟を自任するまでの経緯を一から並べる必要は、もうそろそろ無用かもしれぬ。件(くだん)の流れはこれまでに幾度となく、それこそ清造について触れる度に繰り返し述べているところでもある。

或る郷土文学全集の一巻に抄録されていた、その「根津権現裏」なる作には初読時もそれなりに魅かれつつ、決してのめり込むまでには至らず、しかしその後の暴行事件の起訴によって四面楚歌の状況に陥り、唯一の依りどころであった田中英光の私小説世界も、親しくさせてもらっていたその作家の遺族に無礼を働いて出入り禁止となって訣別し、物心ともに何もなくなってしまった二十九歳時に該作を再読したら、今度は泣きたい程の共感を覚えた、云々の展開も、やはりその都度繰り返してきている。

なので其辺のことは一切飛ばして、抄録の、全体の半分以上がカットされていた「根津権現裏」の全文にありつくべく、無理な借金をして当時古書店で三十五万円の値で出ていた無削除版の函付き完品を購め、他の創作や随筆の掲載誌も古書展で血眼で探し求めて一つ一つ読んでゆくうちに、彼にとってはこの人が完全に精神的な支えとなって、この私小説家への追尋で、もう人生を棒にふる意志を固めた――と云うところから話を続けてゆこう。
で、その〝歿後弟子〟を目指す覚悟を決めた貫多は、元来が没入体質にもできているだけに、他のことはすべて忘れたも同様に、清造関係の調べごとにのめり込んだ。

　まだ自らも私小説を書く意向はなかったが、まずはその基礎となる書誌面と伝記面の文献の収集から始め、これは〝現物収集〟を第一前提とすることを自らに課した。

　公共機関に所蔵されている文献を漁り、コピーを取っているだけでは、結句他人と同じ資料しか得ることができない。無論、同じ資料でもそれを使う側の個々の切り口があり、つまりはそれが文学研究と云うものなのだが、しかし貫多の場合は、何も学問としてその人の残影を追おうとしているわけではない。

〝歿後弟子〟と云う、およそ余人が正気では考え得ぬ高みを目指す以上、人と同じ資料を手にするだけで良しとしては慊(あきたりな)いし、あまつさえそれを身銭を切ることもなく、コピー料金だけで済ませるようなしみったれ根性では、とてもではないが、「清造追尋で人生を棒にふる」なぞ云うキザな台詞を吐くこともできなくなる。

なので図書館や文学館の所蔵誌紙は、それはそれで場合によっては活用しながらも、それ以上に古書店や古書目録や毎週の各地の古書展での、現物収集の為の所載誌探しには殊に血道を上げたものである。これは、十九歳から二十八歳までの十年間に亘ってひたすら続けていた、田中英光資料の収集時と全く同じ要領である。

かの十年の時間は、結果的には己れの自業自得な行ないによって、自ら空虚な空白へと堕してしまった。その悔いもあって、貫多は少々焦ってもいた。別の私小説家にのめり込むに当たり、別段、競合相手がいるわけでもないのに、どこか〝出遅れた〟感を覚えずにいられなかった。

田中英光に没頭していた過去の十年間を、もしこちらに費していたならば、その間には藤澤清造を直接に知る人物から話を聞ける可能性も辛ろうじて残っていたのだ。往時はその種の人が、僅かながらもまだ存命していたのである。

かような損失も彼の焦燥を一層に煽ることとなったが、とは云えその喪失感は、一面では意外な良効果ももたらしめた。

その面での遅れはもう取り戻せぬ以上、せめてもとばかりに他の調べごとについては尚と拍車のかかる格好となったのだ。

普通程度の情熱で臨めば二十年かかって辿り着くところを、俺は二年で到達してやろうとの大それた思いが、本来は怠惰の塊であるところの彼を絶えず鼓舞し、そして東奔西走の行動へと駆り立てる効果を生んだのである。

これには、お誂え向きの軍資金を得たことも大いなる力になった。

貫多は田中英光から足を洗う際、すべての未練を断ち切る為に、それまで蒐集していたその資料を「落日堂」を通じて、或る地方文学館に一括売却していた。約×百万円で引き取ってもらったのだが、これはその額になるだけの数と貴重な内容を持つ資料だったのである。

この入金が、半年後の——恰度清造の追尋を始めた直後の頃にあり、貫多はその内の一部で先に述べた、『根津権現裏』無削除版購入時の借金を払うことができたのだが、その頃にはかの作の単行書には複数の種類が存在すると云う、初歩的な知識は当然のことに得るに至っていた。

即ち、元版たる大正十一年四月五日発行、日本図書出版株式会社刊の無削除本と削除本の二種と、これを全面改稿した大正十五年五月五日発行、聚芳閣刊の特装本と普及版の二種の、都合四種類である。

いずれもかなりの稀覯本だが、その中では後者の普及版は他に比べれば少しは古書市場に出る機会もあり、値段の相場も七、八万(これは今現在も変わらない)と、珍本ながら決して驚倒するような額のものではない。事実貫多も、これに関しては初手のうちにあっさり入手し、スタートの時点で四種の内の二種、二冊を得ていたが、一方で彼はこの書に関して実に悩ましき問題をかかえていた。

これらの『根津権現裏』でとりわけ入手が困難なのは、元版の無削除本と、聚芳閣版の特装本である。

殊に無削除の方は、市販された分の、当時の発売前の検閲によって本体の一枚――つまりは二ページ分が切り取られて〝削除本〟となったそれ以外の、清造自身が発行元から完全な状態のまま僅かに七十部前後を貰い受けてきたものを指しているのだが、これは翌年の関東大震災とその後の戦火に焼かれて少なからず消失もしているはずだから、当世での現存部数は数える程しかないと推定される。

その内の一冊をすでに手中に収めていることは、本来貫多にとっては大変に喜ばしい状態のはずである。

しかしこれは清造が先輩知友に献本する目的で（他に事情もあったが）約七十部を取ったものであり、それらには署名の他に、文中の伏字部分を清造自身が一つ一つ書き起こしてもいるのだ（貫多のその最初に入手した無削除本には、何故か署名も書き入れもなく、それはそれで無削除本として珍品であったことは後年になって知ったが）。

当時の貫多が把握した限りでは、それらの献呈無削除本は日本近代文学館に、同郷の能登出身の小説家、加能作次郎に宛てたものと、石川近代文学館に劇作家の灰野庄平に宛てたもの、それに二箇所の個人蔵の、うち一冊は宛名切り取りの計四冊が存在したが、実のところこれに関して文学館蔵の方の二冊を確認した際の貫多は、古書市場を引き続き注意していれば、いつかは自分にも同種の書き入れ有りのものが手に入るとの予感があった。古書マニアにとってのこう云う感覚はおおむね正確で、得てしてその通りになるものである。

だが、ここにもう一冊――或る清造論の中に記されていた、その論攷の筆者が架蔵していると云う三上於菟吉宛の署名入り、無削除、伏字書き起こし本の存在。それの存在を知るに及んで大いなる衝撃を覚え、やがて頭をかかえて、そして彼を狂おしく悩ませる次第になったと云うのである。

周知のように、三上於菟吉は今は余り広くは読まれてもいないが、大正後期から昭和初期にかけては大変な人気を誇る流行作家であった。時代物と現代物で売っていたが、しかし元々は純文学の書き手であり、藤澤清造とは特に親しかった作家でもある（清造葬儀時の案内葉書には、友人代表としての六名の中にも名を列ねている）。

これだけでも先の加能や灰野宛のものよりも、その関係の濃厚性に別格の価値を見出せるのだが、しかしそれより何より、かの『根津権現裏』は実こそ三上によって世に出されたと云う点が、どうにも重大なところなのである。

訪問記者として勤めていた『演芸画報』の版元を辞め、更に小山内薫の世話で入った松竹キネマからも馘首されたのち、かぞえ三十三歳で背水の陣にて書き上げた「根津権現裏」の、五百枚にのぼる原稿は当初ほうぼうに持ち込みを重ねたものの、どこも出版してくれる版元はなかった。

それを見かねた、当時そろそろ売れっ子になりつつあった三上が手を貸し、口を利いて、やっとのことにかの畢生の大作は、陽の目を見るに到ったのである。

と、なると謂わば小説家としての清造の生みの親は三上と云うことになり、その三上に宛てたとなれば、それは『根津権現裏』の記念すべき、最初の献呈第一番本と云うことにもなる。異様に律儀で恐ろしく義理堅い性格を複数の同時代人から証言される清造であれば、おそらくは自身でもその意向と認識をふとこっていたに相違あるまい。

だから、この献呈本は清造の人物史的には無論、文学史的に見ても意味のある『根津権現裏』であり、そんじょそこらの『根津権現裏』とは『根津権現裏』が違う、別格の、格別の一冊なのである（ついでに云えば、ダダイスト辻潤は三上の家でこの書を手に取り、走り読みして感嘆したことを述懐している）。

が、それを――あろうことかその本を、貫多が架蔵できていないのである。

今先は、〝文学史的に見ても〟なぞ、ちと大きく云いもしたが、かの本の不所持を嘆き、所有を羨望し、それについて身悶えして悩むと云うのは、こんなのは所詮は単なる物慾であり、浅ましき独占慾の発露にしか過ぎぬものなのかも知れない。

しかしそうは思っても、やはり彼にはこの本が必要であった。どうしても、必要であった。

これを所蔵せずして、〝歿後弟子〟は到底名乗れぬ、とも思った。イヤ、持っていなくても名乗るのは勝手な話であろうが、けれどそれは、ただ言ってるだけの薄さと云うか、虚しさと無意味さが伴う。もしそれを名乗り、自任するだけの域を向後に目指してゆくのなら、これはどうあっても手元に備えなければならぬ、最大のアイテムであろう。

しかしそれが、わが手元には不在なのである。

全くもってこれは、曾て誰も踏み込んだことのない〝幼稚な狂人世界と紙一重の歿後弟子道〟の門を、一歩進んだら早速にクリアしなくてはならない難問が待ち受けていた、と云う格好であった。

だがその貫多にとり、ここで一本のすがるべき細い糸となったのは、「落日堂」の新川である。

と云うのも、かの本の所持を論攷に練り込んだ大学教授は、専門は私小説全般――殊に葛西善蔵に力を入れていることで知られる人物だったが、この人が七〇年代に編纂した全六巻の『葛西善蔵全集』は、B堂が版元であった。

B堂とは、新川の伯父の経営にかかるものであり、七〇年代ならば新川自身も夜間大学に通いながら、昼間はそこに勤めていたと聞いたことがある。――或いは、件の大学教授とも面識があるやもしれない。ひょっとすれば、そのコネクションを使える展開を得られるかもしれぬ。

つまりはその人物から、かの『根津権現裏』を譲ってもらおうとの大それた希望の曙光は、わりと早い時点で眼前にチラついていたものの、けれど断わられたらそれでおしまいの一発勝負――そして絶対に失敗のできない大勝負となるだけに、貫多はそのベストの方途の模索に更に頭を悩ませる日々を経ていたのである。

で、結句の腹をようように決めて、この件について新川に相談を持ちかけたのは、〝歿後弟子〟の〝門〟を潜ってから七箇月ばかりが過ぎた、九八年の秋の頃であった。

案の定、新川はその大学教授とは古書の取引きを主として、今も親交が続いているとのこと。

これを聞いた貫多は、なればあの本は、わが掌中に落ちたも同然の気分になった。

が、彼のふところ目的を質した新川の方は、

「ああ、それは無理だ。あのかたはご自身が気に入っている本は、どんなことがあっても絶対に手放さないよ。ましてや自分の方がこれを必要としてるから譲って下さい、なんて失礼なこと言ったら、俺までが今後の出入りを許されなくなるよ」

言下に首をふって、その仲介も拒絶してくるのである。

そこを更に頭を下げ、賺し、そして十八番の脅しを駆使した果てに、取り敢えずは電話で先様に彼の願いを伝えて伺いを立ててもらうことは何んとか了承を得たものの、さてその翌日に胸を高鳴らせて「落日堂」にやってきた貫多に、

「――やっぱり、駄目だってさ。新しい資料に関する連絡なら大歓迎だけど、そういう話は二度としてくれるなって、なんだか俺が怒られてしまったよ」

新川は気弱そうな八の字眉を更に下へ落として、申し訳なさそうに言う。

これに絶望感で頭が真っ白になった貫多は、暫時意識さえも遠のいた態になっていたが、次に新川が継いできたところの、

「五十万円は、それはお前さんとしちゃ思いきった額なんだろうけど、そんなのを誠意として提示したって、やっぱり駄目だよ。もちろん、金抜きで、ただ誠意の言葉と態度だけで交渉するなんてのは、もっと駄目だけどね……そうだな、唯一可能性があるのはそれらプラス、相手が欲しがる品物だよな。例えばあの先生が相手なら、葛西善蔵の「子をつれて」の生原稿とか、自筆の日記とかさ……」

との言葉に対しては、

「馬鹿野郎！　そんなものがこの世にあったとして、それがぼくの手に入るわけねえだろが！　てめえは真面目に次の手立てを考えろい！」

我知らず、眼前の下がり眉に怒声を浴びせてしまったものだ（そう云えば、この二年後だかに、新川の仕入れ品に葛西の小品「妻の手紙」、四百字詰十枚の肉筆原稿があったとき、貫多は無理矢理の廉価でそれを引き取ったものである。この折の、新川の件の言葉を〝教訓〟として、清造資料入手時の、再度のこのようなケースに備えて今も尚、秘蔵し続けている）。

しかし当然のことに、こうなってはいくら二人で鳩首協議したところで、新たな名案が出るはずもない。

ただ、辛ろうじての救いは、その『根津権現裏』は当初貫多が仄かに抱いていた不安に反し、現在も間違いなくその人物が所持していることが分かった点である。またこれに新川による伝聞を付け加えるなら、

「自分が生きている間は絶対にないが、そのあとに手放す事態にでもなったら、そのときは俺のところで処分するように計らっておくそうだ」

との由で、どうやら将来的にもお先真っ暗な話ではないようなのだ。

けれど貫多は、到底それまで待てない。今、かつ未来永劫にそれが必要なの

である。〝歿後弟子〟である為の最初の——そして案外に最大の、超えるべき巨壁である。

イヤ、もっとシンプルに云えば、その道を進む上でのパスポートみたようなものである。そう独り決めした以上、それは彼にとって自縄自縛だろうと訳の分からぬ思い込みだろうと、もうそうした類のものになってしまっているのだ。

従って新川には、さして間を置かずにもう一度先方に連絡を入れてもらうことを懇願した。

今度は、とにかく一度直接に会って、話だけでも聞いてもらいたい旨と、全財産との触れ込みでの改めての交換金額を再提示した。この時期に貫多が棲んでいた、新宿一丁目のワンルームの室料、約四十箇月分とほぼ同等の額である。云うまでもなく、先の英光資料を処分した際に得た金子だが、これは貫多が清造の七巻の全集と伝記を自費出版する資金として、決して手を付けてはならぬものではあった。が、こうなっては止むを得ない。

すると、今度は案外に上首尾の答えが返ってきた。藤澤清造にそこまで熱心になっている読者と云うのは初めて聞いたから、前提として本は譲れない点を承知の上でなら、新川も同席するのを条件に会ってみてもいい、とのこと。で、すでに木枯しも吹き始めた晩秋の一日に、貫多は新川の後について、神保町からさして距離もない、その人物の勤務先の大学へと向かう次第となった。中卒の彼にとり、大学のキャンパスと云うのは、そのとき初めて足を踏み入れる空間だった。

かの人物専用の研究室に通された貫多は、簡単に自らの素姓を述べたのちに、ひとしきり清造への思いを、いつにない熱弁調でもって語った。そうした類を他者に述べるのも、キャンパス闖入同様に、これが人生初めてのことである。

そして最後に、彼はソファから立つと、〝本は譲らない点を承知の上でなら〟の前提の禁を破り、これ以上はもう作れぬ、自分では至誠そのものと思う精一杯の表情を作って、土下座をかました。

と、驚いたことに、その貫多の隣りへ新川がスッと立ったかと思うと、横で同じく膝と手をつくや、額を深々と落としだしたのである。

これに貫多は至誠の顔付きを忘れ、その我彼の滑稽な感じに思わず噴き出しそうになって、それを隠す為に隣りの新川以上に額を下げ、床にグリグリとこすり付けることまでをしたが、肝心の先様は、この二人並んでの馬鹿げた光景に、

「そういう、芝居がかった真似はやめなさい。どういった表情をしていればいいのかに困るから」

と、感動するどころか、ひどく不興、乃至不快そうな冷めた声を投げ下ろしてきた。

結句、話は分かったから少し考える時間をくれ、との先方の言葉を今回の引き潮どきと心得て、新川と共にその室から退去し、やや陽の傾きだした往来へと出た貫多は、まずは近くの蕎麦屋に入ってから、

「――何んか、土下座は不要だったかもしれねえなあ。むしろ、逆効果になっ

たかもしれねえ……新川さんまでが一緒になってやったのは、あれは余計にアウトだったような気がしますね」

些か詰るような調子でほき出してしまったが、しかし新川の方はどこか肩の荷をおろした感じの暢気そうな面持ちで、

「いや、俺はちょっとした感触をつかんだぞ。絶対に駄目なら、もう話自体を聞いてくれないよ。それを少し考えさせてくれというところまできたんだ。零パーセントだった可能性が、会ってくれたことで五十五パーセントになって、それが今は六十から七十パーセントまでハネ上がったってところだよ。いろいろと、あれだけの誠意も並べて見せたしね」

なぞビールを飲みつつ、何やら楽観的な見通しを述べていたが、さてそれからの貫多の日々は、落ち着きと云うものとは一切無縁の状態となった。

その人物からの返答を待つ間には〝二十九日〟と云うのも挟んでいたので、彼は自身の中ですでに恒例化していたところの、清造月命日の掃苔の為に、能登七尾の菩提寺に赴いて墓前にぬかずいた。

無論、この件に関して清造の霊に願かけのような類は一切しない。そんなマネをして、もし、ぐれはまとなったときは、〝師〟から見捨てられた格好となることを怖れる故にである。

——そして、かの大学教授からの返事は、更に一週間程が経ったのちに新川によってもたらされた。

貫多の提示した金額で譲渡する、との答えだった。

件の書籍は名古屋の本来の自宅の方に置いてあり、年明けしばらくまではそちらへ帰りっぱなしになっているから、急ぐのなら新川と共に取りに来ても構わない、との由。

間を空けて、万が一にでも譲る気持ちに変化が生じては大変である。先方と新川の予定を擦り合わせた上で、七草を過ぎた時点で伺う手筈を整えた。

これをして、何もその人物が金で転んだと思う気持ちは、往時も今も貫多には全くない。と云って、単に言動による誠意が通じたなぞと生ぬるいことを云うつもりもない。すべてのタイミングが幸運に、たまたま上手く噛み合っての結果だと思うのみであった。

そしてこうなると、貫多は以降の数日間はまるで有頂天となっていたが、名古屋行が近付くにつれて先に危惧したところの、万が一の心変わりと云うのがまたやけに不安になってきた。

今回も決してトントン拍子と云うわけではなかったが、ともあれ生まれてこのかた不運続きの貫多には、長年の習性でこうも願った通りに事が運ぶと、何やらその先にとんでもない落とし穴が待ち構えているような猜疑と恐怖が、天然自然と頭を擡(もた)げてきてしまうのである。

上手く行ったら行ったで、これもまた不安が生じてくるのだ。

そんなにして〝引き取り日〟まであとひと月を切った頃、出先にいた貫多の、先日新規に加入したばかりの携帯電話に新川からの着信があった。

開口一番、「今、大丈夫か?」と尋ねてきた声は、明らかに不穏な緊張みたようなものを孕んでいる。

すわ不安的中か、と用向きをせかすと、新川は実に意外なことを興奮気味に捲し立ててきた。

要約すると、〝今日の市場に大正期の文芸書のウブロが一本出品されているが、その中に『根津権現裏』の、聚芳閣版の普及版が入っている。状態は並で少し背ヤケもあるが、開いてみたら劇作家の川村花菱宛のペン字による署名があり、ところどころの伏せ字部分には赤のペン字で文字が起こされ、その内の一ページは赤文字がびっしり書き込まれてもいる。自分が見た限りでは清造の自筆で間違いがない。その一本口の縛り分は他には『羅生門』の再版函付き以外に大した本がないので、業者もさして注目をせず、まだ札も入っていない様子。これから入ったとしても『根津権現裏』の書き込みの価値は気付かれぬ確率も高い。いくらまで入札するか？〟との、卒倒するような報告である。

これはこれで、〝歿後弟子〟として絶対に取りこぼすことのできぬ必携のアイテムであり、パスポートである。

おそらくこの出品者は、その『根津権現裏』の書き込みにはさしたる意味を見出していないに違いあるまい。だからこそ、一本口の中に混在させているのだ。

もし価値を知っていたなら、当然にこれは一冊だけで単独出品するはずである。

と、すると畢竟、『羅生門』の再版函付きがメインの一本と云うことになり、おおよその止め値のラインも見えてくる。札が入ったところで、最高値でも十万円台での勝負になろう。

なればその更に上を、と貫多は所謂キ〇ガイ札とも遣らずの札とも云われる、誰も冗談にも追い付けぬ破格の額を伝え、そして結果的にはこれを無事に、競合相手もないままに下札で落札することが叶った。

この辺りから、彼は不運続きだとばかりに思っていた自分が、藤澤清造に関する事柄でだけは強運を持っているかもしれぬと云う、現在までにも至るところの妙な自覚が芽生え始めてきたのである。

この、幸運が更に重なったかたちの、聚芳閣版の方の格別本たる（因みに清造は該書の献呈先である、資産家だった川村花菱からよく金を借りていた）

『根津権現裏』の入手により、貫多の書架のそれは二種類、三冊目をかぞえた。

そして程なくして本丸の、四冊目となる〝『根津権現裏』〟たる件の第一番本も、ついにそこへ加わってくれたのだが、同書を受け取る為に大学教授の名古屋の邸宅に上がらせてもらった際には、論攷でも触れていた通り、この書は三上於菟吉から三島霜川（清造の『演芸画報』誌時代の上司でもあった）に譲渡され、そして霜川の遺族から古書店に売られたのを自身が購入したとの由来を改めて聞き、その古書店名も教えてもらった。

とあれ貫多は、この由緒ある第一番本の、錚々たる歴代所蔵者のその四代目となり得たのである。

また、かの大学教授はそれまでに自身で集めていた清造資料の一切合財を、なぜか貫多に丸々譲渡してくれた。中には、今では第三者が取得することのできぬ、清造の除籍謄本の七〇年代に取ったものも含まれており、この種の入手にも頭を悩ませていたところの彼を、更に欣喜雀躍させたのである。

で、それ故に——その夜のうちに充分日帰りもできたのに、すっかりと喜びに舞い上がった状態の貫多は名古屋へは一泊することにし、無理に引きとめたところの新川と共に、夜の街で些か破目を外してきたと云うわけである。

吸い終えた煙草を灰皿に押し潰し、半ば無意識のままにすぐと次の一本に火をつけた貫多は、そう云えば、かの第一番本の色良い返事が来たのは恰度十二月のこの辺りの時期だったことを、何がなし、ふと実感として思いだした。

あれから、もう二十年の歳月が経つ。

その間に、『根津権現裏』だけに関して云えば、彼の元には日本図書出版株式会社版の無削除本の完品が八冊、削除本が函なしと併せて十一冊に、聚芳閣版の普及版が書き入れ本を含めて十冊と、特装本の完品二冊が並んでいる。

また無削除本の署名入りも、例の、四冊目として入手した書を筆頭に、その後は小島政二郎宛、佐佐木茂索宛、佐々木味津三宛と、宛名部分だけ切り取られたものと伏字起こしのみがあるものとの計六種が集まった。無論、すべてに清造手ずからの伏字部分への書き込みが施された書籍である。

しかし未だに――と云うのもヘンな云いかただが、やはり三上於菟吉宛の第一番本は別格中の別格であり、彼の中では殆ど〝歿後弟子〟を名乗る上での、鑑札証の一つみたいな感じにもなっている。

貫多はつと手を伸ばし、仕事机代わりの食卓の、その左端に積み上げているファイルの内から、「雨滴の調べ」掲載誌所載ページのコピーを綴じたものを取り上げた。

往時のことを追想していたら、ふとその折の感激が蘇えり、すると新川への久しく忘れていたところの感謝の念も想起されてしまったのである。

そして件の念から、最前に新川より抗議を受けた箇所を確認してみる気になった。

当然に、削ることを前提としてのチェックである。

成程、確かにつまらないことを書いていた。これでは新川が、人伝てに聞いたのみでも立腹するのは無理もないと思われた。

この回は僅かに四ページ、原稿用紙約十二枚分の所載だから、間違いなく提出に際して苦し紛れみたいなところがあったのであろう。蛇足に蛇足をくっ付けたような印象さえある。

（ああ。こりゃあ、いけねえや……）

貫多は食卓の右の端に位置する、大ぶりの湯呑みを代用したペン立ての中から赤のボールペンを引っこ抜いた。

次にその箇所をそっくり囲んで斜線を引こうとして——そこで一寸、手が止まった。

もう一度、当該部分に目を走らせる。

やがて彼は、ペンは使わぬままで湯呑みの中へと戻した。

よくよく考えてみれば、彼の場合は作の各行、そのすべてが蛇足と云えば蛇足みたようなものなのである。

で、あればその中に、かようなやくたいもないエピソードが混じっていたとしても、仮令それを読んだ者がいたところで、新川にわざわざの注進に及んだ人物以外はおよそ誰も気にも留めないだろうし、ひょっとすればそんなことが書いてあったかどうかも気が付かれないのではあるまいか。

それでいてこの部分は、貫多にとっては前述のような、彼にしか分からぬ深い思い出が、人知れず秘められている箇所でもあるのだ。

それを、新川に対して俄かに生じた甘な仏心から削除してしまうと云うのは、果たして如何なものであろうか。

なので結句、単行本になろうがなるまいが、かの挿話はそのまま敢然と残すことにしたのである。

崩折れるにはまだ早い

万年筆のキャップを締めた渠は微かな安堵と仄かな達成感を覚えつつ、何がなし一つ、深い吐息をついた。

そして新しい煙草を唇の端にさして火を点けると、仕上げた側から傍らへ無雑作に重ねた半ペラの原稿を、上から順々に並べ替えていった。

ひどく蒸し暑い午後である。

未だ梅雨の明けぬ灰色の空からは、この日もまたぞろ鬱陶しい小糠雨が陰気に降り続いていた。

開け放った窓からは、そよとの風も吹きこまぬまま――尤も風がないので、雨でも窓を全開にしていられるのだが――じめじめした湿気のみが無暗に室内に浸透し、手元の原稿用紙をも僅かに波打つ形に歪ませていた。

都合十七枚。表題と署名のスペースを除けば四百字詰めではおよそ八枚分だから、まずは先方の指定通りである。

急な依頼であった。普通に考えて、ここまで提出期日に余裕のない原稿仕事なぞあるものではない。間違いなく誰かの代役——その書き手が、一度は引き受けた原稿をよんどころない事情で落としたが為に、急遽の穴埋めで起用されたものなのであろう。

これが八枚の随筆であれば尚のこと、かような野暮な憶測も、決して不様な猜疑とばかりは云えぬであろう。

しかしその辺りの流れは察した上で、今回二つ返事でこの申し出を受け、更に期限の前日に仕上げを早めてのけたのは、偏にこれを次の依頼に繋げようと云う下心の故だった。

先方の心証を良くした上で、是非ともかの媒体から引き続いての原稿仕事の声がけを貰うべくの、自我を殺した上でのやむなき仕込みみたようなものであった。

情けないと云えば、随分と情けない話ではある。零落、と云えば、或いはそうも云えるかもしれない。

他を羨むことは一切ないが――否、しないように努めている渠だが、しかしこうも原稿の仕事が途絶え、一寸前までは立て続けに書かせてくれていた、あの『文藝春秋』からも『新潮』からも姑息でくだらぬ〝人間関係〟のみの齟齬でもって無意味に締め出しを食らい、すっかり干上がり果ててしまった状態の今は、最早自我なぞいくらでも忘れてやろうとの気持ちになっていた。

こうした卑屈な心境に陥っても、俄然次の仕事が欲しかった。

それも、いつまでも惨めな持ち込みをするまでもなくの、ごく当たり前な先様からの依頼仕事が欲しかった。

金の為もあるが、それと同等に未だ良くも悪くも残っているところの、書き手の端くれとしての意地と云うのもある。これは自我とは質的に別物である。

今や一向に依頼原稿の口がかからないのは、これ即ち、等しくお利巧馬鹿の文芸編輯者から、疾うに〝不要物〟の烙印を押されている証左と云うことであろう。

だが、そんな恣意的な評価の低さで徒らに取り残されたとあっては、すでに中年期に達して久しき枯葉のような渠の内にも、或る種の意志が蘇えってくる。

自身の非才ゆえの不遇を自覚した上で、しかし尚かつ常に心中に掲げている〝崩折れるには、まだ早い〟との思いが、鮮明に蘇えってくるのだ。

×　　×　　×

渠は煙草を灰皿に押しつけると、少し腰を伸ばすつもりで仰向けに体を倒してゆき、やがて背を江戸間畳にべたりとくっ付けた。

そして再びフーッと大きく息をついたのちに、左の手でもって、己が口辺を何んとなく撫で廻した。

改めて、そこに髭がないことを思いだす。

もう長いこと蓄えていたところの、それを剃り落としたのは先月のことだ。が、直後に会った者で、この変化に気付いて反応を示したのは誰一人としていなかった。

渠としては、自身、いっときは流行作家風の好景気を得て少しは世間に顔も売れ、かの髭も一種トレードマーク、一種アピールポイントだと自惚れる部分もあったのだが、結句それも、まるで意味のない幻想に過ぎなかったようである。けれどまあ、所詮はそんな程度のものなのであろう。

と、――ふと渠は、女が欲しくなってきた。

いったいに座り作業の従事者は性慾が募り易いと云うが、渠もまた、一仕事終えた直後は妙に女体が恋しくなるのが平生の常である。殊にこのときは、最前に頭をかすめた不遇感の寂莫さも相俟ってか一入にあの甘い柔肌が恋しく、そこへ忘我の態で埋没したい希求に駆られるものがあった。

だがしかし、如何せん渠には今すぐとその思いを果たせるだけの、肝心の金はなかった。また、よしんばそれがあったとしても、悲しいかな下の病疾の状況が、その敢行をやはり断念させてしまうであろう。

長患いの性病が、また一寸いけなくなってきているのだ。

渠の下疳は数年前からのものだが、これが一向に完治をみない。どころか、どうにも悪くなる一方のようなのだ。だがそれも、小康状態を得るごとにすぐと買淫に奔ることを繰り返していれば、治癒するものとても畢竟そこには到るまい。

この発症が男根辺の腫瘍で止どまってくれればまだしも、もしかこいつが脳にでも廻ったりしたなら、もう百年目である。と、云うか、すでにその兆しはあらわれ始めているフシもなくはないのだ。

決して、〝渠と云えば買淫〟のパブリックイメージを自ら尊重し、それの忠実なる実践に是つとめていたわけではない。渠にとって淫売を買うことは、あくまでも生理的必要性に迫られての、浅ましくも哀しき止むに止まれぬ措置ではある。

が、そこには望ましくない余禄――と云って悪ければ、代価以外の代償がときとして降りかかってくることを、渠は迂闊にも忘れていた。

イヤ、忘れていたわけではない。そのことを些か軽視し過ぎていたのである。

その悔いと云えば悔い、慚愧と云えば慚愧の念に苛まれると、渠の頭の中には天然自然と別れた女の、あの儚き姿が浮かび上がってくる。

ほんの二週間ばかり前に別れたその女のことが、どうしても思いだされてきてしまう。短期間ではあるが、恰も夫婦同然に暮していた相手だ。

共に棲みだしたのは三、四年前の、まだ渠の創作が小繁忙期にあった頃だ。今思えば、いっときの虚名を得ての、所謂〝ピーク時〟であったのかもしれない。

その女もまた、性病持ちであった。不特定多数の者と交合することを生業としている、愚かで弱い女だった。

渠自身、無論のことにはそれを承知の上である。二人のそもそもの出会いが、はな黄白を介在させるものだったのだ。

先方もまた、渠の病のことにはすぐと気付いたようだ。互いに互いの疾病を知りながら、それでもどうにも魅かれ合ったかして、やがて起居を共にしだしたのである。

しかし、それでいて先般に同居のかたちを解消する破目となったのは、やはり生活が立ちゆかなくなったが為である。渠が不甲斐なく、未だ未練に小説にしがみついているばかりに、共に暮してゆくに足る月々のものが、まるで入らなくなってきた故にである。

と云ってこの年齢になり、最早世間に働き口もなく、ただでさえ学歴のない身では他の書き手のようにツテを頼り、大学講義なぞで小遣銭を得るわけにもゆかぬ渠は、結句は元の、独り身の状況に戻るしかなかった。自分独りならば、食うや食わずでも何んとかなり、郷里の親類宅に当てのあると云う女との共倒れだけは、少なくとも避けることができよう。

――そんな惨めな望みから、女との部屋を引き払い、単身この四畳半一間の、昔の書生が棲まうような安宿に移ってきたのがつい数日前のことであり、恰度そこを出るときに今回の急な穴埋め原稿の依頼状が、行き違いとなる寸前のところで届いたものだった。

女とは完全に切れたわけではない。が、一度かような理由で同居を解消したからには、おそらくは向後再び元のような生活に復す日もくるまい。女の方で、断固拒否をするであろう。口論の果てに女を打擲し、足蹴をくれてやると云う不穏な夜も、別居寸前期には実に番度繰り返していたのである。

渠は、その女に対して今はひたすらの感謝と申し訳なさしかない。――或いは哀れみと云った不遜な情も、その中には確と含まれているのかもしれぬ。

が、とあれ渠は、女の身体だけはどうにかして治してやりたかった。普通には社会復帰ができ、再びあらゆる選択肢と可能性が無限とはいかぬまでも、少しは拡がる状態を得られるように成るべくの充分な治療費を、必ずや贈ってあげたかった。それだけは自身の命に代えてでも、どうでもやってのけたかった。

その為にも、渠はとにかく切れ目なしの、金に換わる原稿仕事が欲しかった。

×　　×　　×

渠は仰向けにひっくり返った状態のまま、その位置にあって眺め得る、窓外の一点へと目を転じた。

そして我知らずのうちにまた一つ、フーッと溜息を洩らしたが、それは腰高の窓から無風の屋外へとユラユラ流れ、湯屋の煙突から垂直に昇っているところの、ドス黒い煤煙に同化してゆく錯覚があった。

この先の道行きの不安。二十代や三十代の頃には、全く思うこともなかった不安である。そんなものを、ここのところはとみに感ずるようになっていた。

何かこう、自身の先が――終点が見えてきてしまった感じなのだが、これもまた、二十代、三十代では決して脳中に映ることのなかった景色ではある。

まだ老境気取りになる年齢でもない、十年は早い。との自覚、自戒はしていても、なぜか自らの死と云うのが、やけに身近のこととして捉えられてきてしまう。

自分の人生とは一体何んだったのだろうかとの、疑念みたようなものも頻々と頭をよぎるのだ。

そしてその都度に思いだされるのは、先年の恰度この時期辺に死んだ友人のことである。突然の自殺だった。来月の大暑に入れば、早くも丸三年が経つ計算となる。

また加えて連想するのは、その友人が自死した翌年の、そのほぼ同じだったか——前の日だったかに歿した、同業の人物である。その人物と渠は面識がないままだった。世代も違うし、書き手としての出発も渠の方がはるかに後である。何かの雑誌か新聞でその坊主頭の、苦行僧の陰影の中に飄逸味の同居する風貌を瞥見したことがあるだけであり、作の方も二、三作を読んだきりで、あとは敬して遠ざける恰好を取っていた。が、他者に云わせると書くものの傾向に似通った部分もあるそうで、その点で渠としても秘かに意識せぬこともなかった人物である。寡作であったらしいが、まだこれから大いに仕事をこなせたであろう年齢での死だった。

で、この二人を思いだしたとなると、次に渠の頭の中にきわめてナチュラルに浮かんでくるのは、つい先月に病歿した先達である。

この先達には、渠は以前より親炙していた。はな、渠の拙い創作を認めてくれた先人でもあり、一度ならずの借銭に応じてくれた恩人でもあったが、否運にも喉頭癌に罹って、苦しみ抜いた果てに死んでしまった。

いずれも〝死〟と向き合うに今の渠と比べて、より切実に、そしてより具体的な思考を要したはずであり、その分、一層の不安にも苛まれていたはずである。

完全に死神に襟首を摑まれた状態で、それとの長の時間の対峙を否応なく強いられ続けていたはずである。

――そのときに、いったいこれらの先人、知友は何を思い、眼前にどのような風景を見ていたのだろうか。

× × ×

渠はまたもやフーッと、深い溜息を吐きだした。

それにしても、蒸し暑い。

依然として平たくなったままで、胸元の汗を右腕の近くにあった手拭いでふき取る。そんな僅かな身じろぎをしただけで、もう四日も湯に入らぬ己れの皮脂の、その心地よくない臭いがツンと鼻孔を刺してくる。

――どうで皆、必ず骨壺に入るのだ。

月並みなやつだが、やはり今回もそれが結論だった。

遅かれ早かれの違いは、結句さしたる意味も持たない。死ねば名誉も蓄銭も、すべてが当人には全く無用で全く無意味なのだ。

何も死は、渠のように〝落ちぶれて袖に涙のふりかかる〟の状態にある者のみに巡り来るわけではない。現在、文壇で栄華を極め、その前線だか中枢だかにいるつもりで調子をこいている奴ばらも、そこいらの馬鹿な読者もくだらぬ編輯者も、皆じきに必ず、間違いなく死ぬ。今、生きている者は洩れなく全員、全くの無になる。その生存率がゼロとなることは、これはもう絶対的に確かなところだ。

なれば逆説的にはなるが、その誰にも等しくやってくる死こそを最後の救い――現世でのいっときの、勝ち馬と負け犬の恣意的な色分けを全くのチャラとしてくれる、或る種の天からの救済措置として心得つつ現在を生き、そして依頼のない原稿をひたすら書き続けるより他はない。

後世の文芸読者に期待するわけではない。現時のそれよりかは幾らかマシであってくれと願うばかりだが、しかしそもそもが読者なぞ云うのは、あらゆる意味で当てになるものではない。それはいつの時代も、多分不変のものであろう。

かようなありふれた結論の、誰しも分かりきったところのプリミティブな答えを、それでも決して意識の下に押し込めぬことが肝要であろう。これを絶えず念頭に置き続けているのといないのとでは、平生の心持ちも些か違ってくるはずだ。

で、その覚悟を固めた上で書き続けていれば、或いは、もしかしたら、自分にとっての最後の死に花を咲かせるような作をものすることができるかもしれない。

——と、元より渠は甚だ甘で虫の良い思考の持ち主ではあるが、これまで幾度となく胸に刻んではすぐと霧散していたこの〝結論〟を、またここでも引っ張りだしてきて己が心を慰めた。

今はその、我ながら鼻白む程の幼稚な〝結論〟にすがりつき、これを全肯定しなければ、到底やりきれぬ思いになっていた。

×　　×　　×

(何んのその、どうで死ぬ身の一踊り。か——)

幾分自嘲気味に胸の内で呟いた渠は、そこでまた深く吐きだすべくの息を大きく吸い込みかけて、中途でやめた。

頭の先の、出入口たる引き戸の向こうより、渠の名を呼ぶ女中の声が聞こえてきた為である。

その声に、俄かに我に返ったような格好となった渠は、上半身をムクリと起こすと、同時に脚を組み直し、はだけていた単衣（ひとえ）の胸元を一寸かき合わせてから、

「ああ、どうぞ」

鷹揚な調子で返答した。

「……あのう、お言いつけのものを買ってまいりました」

半分程開いたとば口のところで、膝を折った女中は一束の葉書を差しだしてきた。

二十歳ぐらいの、画に描いたみたく田舎臭い容貌をした短軀、小肥りの女である。その引っつめにした髪の下の、皮の付いた馬鈴薯みたいな額には大粒の汗がびっしり浮いているのが、妙にはっきりと見て取れる。

「やあ、有難う。そこに置いといてくんないか」

渠は面持ちにも謝意を表わしながら、しかし口調は至って鷹揚なままで顎をしゃくってみせた。

「はい。あのう、それと、これはお釣りです」

「ああ、それはお前が取っといてくんな」

「え？」

「いいから、しまっておき給えな」

女中は掌に数枚の銅貨を載せたまま、不様な程のドングリ眼を更に丸くし、

「いえ、そんな……あたし、困りますわ」

なぞ、慌てたように言ってくる。

「困るなんて奴があるもんか。幾らもあるわけじゃなし、ただの足労賃なんだから」

「でも、そんな……」

「いいから、取っておき給えな。あとで、ラムネでも飲んだら良いじゃないか。飲み給えなあ」

無理に破顔してみせながら、渠が尚も重ねると、そこでようやくに女中は、

「そうですか……そんならあたし、頂戴しますわ。折角のお銭を頂戴しますわ」

生硬な表情ながらも、頬の辺りを僅かにほころばせて、一つ叩頭してきた。

「うむ。そうし給えなあ。この蒸し暑い雨の中を、わざわざの使いに出したりして気の毒だったね。いや、有難うよ」

「いえ……あのう、葉書は三十枚でよございましたわね」

照れ隠しか、取って付けたみたくして言い添えてきた女中に、

「うん、そう。三十枚でいいんだ」

渠は引き続いての鷹揚そうな素振りで答えを返し、かの女中が額の汗を、さながら工夫のように手の甲でグイと拭ったのち、そそくさと戸を閉めて去ってゆくのを悠然と見送ったが、しかしその胸中には最前から惨め極まりない、忸怩たる思いが駆けめぐっていた。

この、他の下宿人のように日々の賄いを取ることもせぬくせに、それでいて女中だけは人並みに使い立てをし、而してそのチップには全くの子供の駄賃程

度のものしか出せぬと云う仕儀が、どうにも情けなかったのである。

五十銭を渡して一銭五厘の葉書を三十枚購めてきてもらい、くれてやれたのがその釣りの、たった五銭きりと云う不甲斐なさが、何んとも口惜しかったのである。あの女中も、或いはこれを吝嗇と捉えて内心で嗤っていたかも知れぬ。

けれどその五銭さえも、今の渠には失うに大いなる痛手ではあるのだ。

本来ならば、見栄坊と云うか、粋を重んじる流儀の渠であれば、そこはサイダーを勧めたいところである。味は同じでも、ラムネの三倍以上は値の張るサイダーを、それを購うに足る充分な駄賃と共に是非とも勧めてやりたい場面ではある。

しかし渠は、仕上げた原稿をこれから新橋の出版書肆へと届けにゆくのに市電を節約し、この谷中三崎町から、小雨の続く滅入るような高湿度の中を徒歩で向かおうと云う状況にある者なのだ。

（まあ所詮、無い袖を振ることはできねえわな。今ここに付いてるのは、俯い

たてめえの涙がふりかかるだけの、至ってしょぼくれた袖なんだからなぁ
――）

　またも自嘲気味に胸中でほき出した渠は、そしてまたもやフーッと一つ、深い溜息をつくのだった。

　バット代わりのエアーシップを一本吸いつけたのちに、渠は無理にも気を取り直して腰を上げると、女中がとば口に置いていった葉書の束を取りにゆく。まだ時間もあるし、出かけついでにその幾枚かを投函してゆこうと云う了見からである。

　再び万年筆のキャップを外すと、一枚の裏面に此度（こたび）の転居口上と新しいこの下宿の所番地、日付け、そして末尾に〝藤澤清造〟との署名をしたため、宛名面へと引っ繰り返す。

　次いで机上の隅にある、手製の小さな住所録を取ったが、その一ページ目を開いて、ふと吐胸（とむね）を突かれた。

　渠は手拭いで首筋の汗を押さえてから、万年筆を握り直した。

そして、すでに三年前の自裁直後に線を引いた芥川龍之介と同ページの筆頭に置いてあるところの、先月に、例の喉頭癌で斃れた花袋こと田山録彌の名と住所にも二本の縦棒線を加えていった。

あとがき

本書は、私にとって十六番目の短篇集と云うことになる。単著としては都合五十七冊目をかぞえる勘定だ。

「瓦礫の死角」と「病院裏に埋める」が、初出の項に『群像』誌の同一の年月号に並んでいるのは誤植ではなく、その通りの同時所載となったものである。

この二作は表裏一体でありながらも、例によって連作ならぬ〝不〟連作のスタイルを採っている。一作ごとに都合良く、新たな主人公を設定できぬ私小説書きである私の場合、そのすべての作は、畢境、連作風の〝不〟連作の格好となる。が、私としてはそんな窮屈さにやり甲斐と面白さを感じ、また腕の見せどころと心得てもいる。

因みにこの所載号には件の拙作二篇をツユ払いとして、藤澤清造の新発見原稿「乳首を見る」が掲載されている。現代の文芸誌に、〝忘れ去られた〟はずの清造の作が不屈の「負」のオーラを放ちつつ、やけに堂々と――誌面のみならず、表紙と背表紙までをも占領したのは、まことに痛快であった。

自作の所載誌は保存用の段ボール函に詰めて、あとはそれっきりを慣例としているが、この号だけはわが六畳間の〈私設藤澤清造資料室〉の書架に収納、折にふれてひねくっている。当時の同誌編輯長の任にあった、佐藤辰宣氏に深甚の謝意を表すものである。

「四冊目の『根津権現裏』」は、自身の仕事の重要な柱としている〈芝公園六角堂跡シリーズ〉の一篇として書いた。この自己の定点観測記は需要があろうがなかろうが、これからも定期的にものする必要がある。無論、自分の為にである。

「崩折れるにはまだ早い」は、発表時は「乃東枯（なつかれくさかるる）」との題名であった。初出誌の、旧暦の二十四節気、七十二候を題材に掌篇を書くと云う連続企画に応じた一篇だが、その扱う季節と題名のみは編輯部の方で用意した上でのことだった。短篇の題名として、これはこれで魅力はあるが、単独で切り離すと些かの違和感を覚えたので、この際、自身の思うかたちに改めた。

珍しく、気に入っている内容である。久しぶりにオチを用意しての〝私小説の変化球〟を意図したが、拙作の中では同人雑誌時代の処女作「墓前生活」や「落ちぶれて袖に涙のふりかかる」、「芝公園六角堂跡」、「終われなかった夜の彼方で」等と共に、本然の自らの資質によるところの作風が、それなりに表出されたように思う。

またこの作に手をつけていたときは、右眼の白内障が著しく悪化し、視力はついに〈盲〉と記録される状態にあった。その月末に人工レンズ挿入の手術を控える中で、隻眼にて想を練り、片目だけで書いて校正した異常事態ゆえの思い入れもある。

しかし、この稿を継いでいる間だけは失明の恐怖と、眼球手術の不安を確かに忘れることができた。視界の不自由さもさることながら、作の構成上の慎重性も相俟って一向に書きとばす態勢に入れず、この二十五枚の作を仕上げるのに結構な日数を要したが、けれど書いている間は本当に楽しく、異様な没入状態の持続が心地良かった。
気に入り過ぎていて、できれば本書の表題作にしたかったと、尚も一抹の未練を抱いている程である。

西村賢太

二〇一九年十一月十八日

●本書は二〇一九年十二月に、小社より刊行されました。

|著者|西村賢太　1967（昭和42）年７月12日、東京都江戸川区生まれ。中卒。新潮文庫、及び角川文庫版『根津権現裏』『藤澤清造短篇集』、角川文庫版『田中英光傑作選　オリンポスの果実／さようなら他』、講談社文芸文庫版『狼の吐息／愛憎一念　藤澤清造 負の小説集』を編集、校訂、解題。著書に『どうで死ぬ身の一踊り』『暗渠の宿』『二度はゆけぬ町の地図』『瘡瘢旅行』『小銭をかぞえる』『随筆集　一私小説書きの弁』『人もいない春』『苦役列車』『寒灯・腐泥の果実』『西村賢太対話集』『一私小説書きの日乗』（既刊６冊）『棺に跨がる』『形影相弔・歪んだ忌日』『けがれなき酒のへど　西村賢太自選短篇集』『薄明鬼語　西村賢太対談集』『随筆集　一私小説書きの独語』『疒（やまいだれ）の歌』『下手に居丈高』『無銭横町』『夢魔去りぬ』『藤澤清造追影』『風来鬼語　西村賢太対談集３』『蠕動で渉れ、汚泥の川を』『芝公園六角堂跡』『夜更けの川に落葉は流れて』『羅針盤は壊れても』などがある。2022年２月逝去。

瓦礫（がれき）の死角（しかく）

西村賢太（にしむらけんた）

2022年５月13日第１刷発行
2023年12月14日第５刷発行

発行者――髙橋明男
発行所――株式会社　講談社
東京都文京区音羽2-12-21　〒112-8001
電話　出版（03）5395-3510
　　　販売（03）5395-5817
　　　業務（03）5395-3615

Printed in Japan

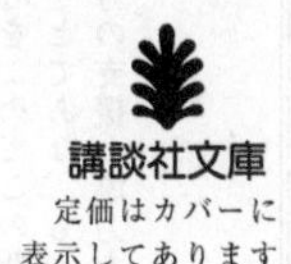

定価はカバーに
表示してあります

デザイン―菊地信義
本文データ制作―講談社デジタル製作
印刷―――株式会社KPSプロダクツ
製本―――株式会社KPSプロダクツ

ISBN978-4-06-528036-2

講談社文庫刊行の辞

二十一世紀の到来を目睫に望みながら、われわれはいま、人類史上かつて例を見ない巨大な転換期をむかえようとしている。

世界も、日本も、激動の予兆に対する期待とおののきを内に蔵して、未知の時代に歩み入ろうとしている。このときにあたり、創業の人野間清治の「ナショナル・エデュケイター」への志を現代に甦らせようと意図して、われわれはここに古今の文芸作品はいうまでもなく、ひろく人文・社会・自然の諸科学から東西の名著を網羅する、新しい綜合文庫の発刊を決意した。

激動の転換期はまた断絶の時代である。われわれは戦後二十五年間の出版文化のありかたへの深い反省をこめて、この断絶の時代にあえて人間的な持続を求めようとする。いたずらに浮薄な商業主義のあだ花を追い求めることなく、長期にわたって良書に生命をあたえようとつとめるところにしか、今後の出版文化の真の繁栄はあり得ないと信じるからである。

同時にわれわれはこの綜合文庫の刊行を通じて、人文・社会・自然の諸科学が、結局人間の学にほかならないことを立証しようと願っている。かつて知識とは、「汝自身を知る」ことにつきていた。現代社会の瑣末な情報の氾濫のなかから、力強い知識の源泉を掘り起し、技術文明のただなかに、生きた人間の姿を復活させること。それこそわれわれの切なる希求である。

われわれは権威に盲従せず、俗流に媚びることなく、渾然一体となって日本の「草の根」をかたちづくる若く新しい世代の人々に、心をこめてこの新しい綜合文庫をおくり届けたい。それは知識の泉であるとともに感受性のふるさとであり、もっとも有機的に組織され、社会に開かれた万人のための大学をめざしている。大方の支援と協力を衷心より切望してやまない。

一九七一年七月

野間省一

講談社文庫 目録

楡 周平 サリエルの命題
西尾維新 クビキリサイクル〈青色サヴァンと戯言遣い〉
西尾維新 クビシメロマンチスト〈人間失格・零崎人識〉
西尾維新 クビツリハイスクール〈戯言遣いの弟子〉
西尾維新 サイコロジカル (上)〈兎吊木垓輔の戯言殺し〉(下)〈曳かれ者の小唄〉
西尾維新 ヒトクイマジカル〈殺戮奇術の匂宮兄妹〉
西尾維新 ネコソギラジカル(上)〈十三階段〉
西尾維新 ネコソギラジカル(中)〈赤き征裁vs.橙なる種〉
西尾維新 ネコソギラジカル(下)〈青色サヴァンと戯言遣い〉
西尾維新 ダブルダウン勘繰郎 トリプルプレイ助悪郎
西尾維新 零崎双識の人間試験
西尾維新 零崎軋識の人間ノック
西尾維新 零崎曲識の人間人間
西尾維新 零崎人識の人間関係 匂宮出夢との関係
西尾維新 零崎人識の人間関係 無桐伊織との関係
西尾維新 零崎人識の人間関係 零崎双識との関係
西尾維新 零崎人識の人間関係 戯言遣いとの関係
西尾維新 xxxHOLiC アナザーホリック ランドルト環エアロゾル
西尾維新 難民探偵
西尾維新 少女不十分
西尾維新 本題〈西尾維新対談集〉
西尾維新 掟上今日子の備忘録
西尾維新 掟上今日子の推薦文
西尾維新 掟上今日子の挑戦状
西尾維新 掟上今日子の遺言書
西尾維新 掟上今日子の退職願
西尾維新 掟上今日子の婚姻届
西尾維新 掟上今日子の家計簿
西尾維新 掟上今日子の旅行記
西尾維新 新本格魔法少女りすか
西尾維新 新本格魔法少女りすか2
西尾維新 新本格魔法少女りすか3
西尾維新 新本格魔法少女りすか4
西尾維新 人類最強の初恋
西尾維新 人類最強の純愛
西尾維新 人類最強のときめき
西尾維新 人類最強の sweetheart
西尾維新 りぽぐら！
西尾維新 悲鳴伝
西尾維新 悲痛伝
西尾維新 悲惨伝
西尾維新 悲報伝
西尾維新 悲業伝
西村賢太 どうで死ぬ身の一踊り
西村賢太 夢魔去りぬ
西村賢太 藤澤清造追影
西村賢太 瓦礫の死角
西川善文 ザ・ラストバンカー〈西川善文回顧録〉
西川 司 向日葵のかっちゃん
西 加奈子 舞台
丹羽宇一郎 民主化する中国〈習近平がいま本当に考えていること〉
貫井徳郎 新装版 修羅の終わり(上)(下)
貫井徳郎 妖奇切断譜
額賀 澪 完パケ！
A・ネルソン 「ネルソンさん、あなたは人を殺しましたか？」
法月綸太郎 法月綸太郎の冒険
法月綸太郎 新装版 密閉教室

講談社文庫 目録

法月綸太郎 怪盗グリフィン、絶体絶命
法月綸太郎 怪盗グリフィン対ラトウィッジ機関
法月綸太郎 キングを探せ
法月綸太郎 名探偵傑作短篇集 法月綸太郎篇
法月綸太郎 新装版 頼子のために
法月綸太郎 誰彼〈新装版〉
法月綸太郎 法月綸太郎の消息
法月綸太郎 雪密室〈新装版〉
乃南アサ 不発弾
乃南アサ 地のはてから(上)(下)
乃南アサ チーム・オベリベリ(上)(下)
野沢 尚 破線のマリス
野沢 尚 深紅
野村克也 宮本慎也 師弟
乗代雄介 十七八より
乗代雄介 本物の読書家
乗代雄介 最高の任務
橋本 治 九十八歳になった私
原田泰治 わたしの信州

原田泰治 原田武雄 泰治が歩く〈原田泰治の物語〉
林 真理子 みんなの秘密
林 真理子 ミスキャスト
林 真理子 ミルキー
林 真理子 新装版 星に願いを
林 真理子 野心と美貌〈中年心得帳〉
林 真理子 正妻(上)(下)
林 真理子 大原御幸〈帯に生きた家族の物語〉
林 真理子 さくら、さくら〈おとなが恋して〈新装版〉〉
林 真理子 見城 徹 過剰な二人
原田宗典 スメル男〈新装版〉
帚木蓬生 日御子(上)(下)
帚木蓬生 襲来(上)(下)
坂東眞砂子 欲情
畑村洋太郎 失敗学のすすめ
畑村洋太郎 失敗学実践講義〈文庫増補版〉
はやみねかおる 都会のトム&ソーヤ(1)
はやみねかおる 都会のトム&ソーヤ(2)〈乱! RUN! ラン!〉
はやみねかおる 都会のトム&ソーヤ(3)〈いつになったら作戦終了?〉

はやみねかおる 都会のトム&ソーヤ(4)〈四重奏〉
はやみねかおる 都会のトム&ソーヤ(5)〈IN塀戸〉(上)(下)
はやみねかおる 都会のトム&ソーヤ(6)〈ぼくの家へおいで〉
はやみねかおる 都会のトム&ソーヤ(7)〈怪人は夢に舞う〈理論編〉〉
はやみねかおる 都会のトム&ソーヤ(8)〈怪人は夢に舞う〈実践編〉〉
はやみねかおる 都会のトム&ソーヤ(9)〈前夜祭 内人side〉
はやみねかおる 都会のトム&ソーヤ(10)〈前夜祭 創也side〉
原 武史 滝山コミューン一九七四
濱 嘉之 警視庁情報官〈シークレット・オフィサー〉
濱 嘉之 警視庁情報官 ハニートラップ
濱 嘉之 警視庁情報官 トリックスター
濱 嘉之 警視庁情報官 ブラックドナー
濱 嘉之 警視庁情報官 サイバージハード
濱 嘉之 警視庁情報官 ゴーストマネー
濱 嘉之 警視庁情報官 ノースブリザード
濱 嘉之 ヒトイチ 警視庁人事一課監察係
濱 嘉之 ヒトイチ 画像解析〈警視庁人事一課監察係〉
濱 嘉之 ヒトイチ 内部告発〈警視庁人事一課監察係〉
濱 嘉之 新装版 院内刑事

講談社文庫 目録

平岩弓枝 新装版 はやぶさ新八御用帳(六)〈春月の雛〉
平岩弓枝 新装版 はやぶさ新八御用帳(七)〈寒椿の寺〉
平岩弓枝 新装版 はやぶさ新八御用帳(八)〈春怨 根津権現〉
平岩弓枝 新装版 はやぶさ新八御用帳(九)〈王子稲荷の女〉
平岩弓枝 新装版 はやぶさ新八御用帳(十)〈幽霊屋敷の女〉
東野圭吾 放課後
東野圭吾 卒業
東野圭吾 学生街の殺人
東野圭吾 魔球
東野圭吾 十字屋敷のピエロ
東野圭吾 眠りの森
東野圭吾 宿命
東野圭吾 変身
東野圭吾 仮面山荘殺人事件
東野圭吾 天使の耳
東野圭吾 ある閉ざされた雪の山荘で
東野圭吾 同級生
東野圭吾 名探偵の呪縛
東野圭吾 むかし僕が死んだ家

東野圭吾 虹を操る少年
東野圭吾 パラレルワールド・ラブストーリー
東野圭吾 天空の蜂
東野圭吾 名探偵の掟
東野圭吾 悪意
東野圭吾 嘘をもうひとつだけ
東野圭吾 赤い指
東野圭吾 流星の絆
東野圭吾 新装版 浪花少年探偵団
東野圭吾 新装版 しのぶセンセにサヨナラ
東野圭吾 新参者
東野圭吾 麒麟の翼
東野圭吾 パラドックス13
東野圭吾 祈りの幕が下りる時
東野圭吾 危険なビーナス
東野圭吾 時生(トキオ)〈新装版〉
東野圭吾 どちらかが彼女を殺した〈新装版〉
東野圭吾 希望の糸
東野圭吾 私が彼を殺した〈新装版〉

東野圭吾作家生活25周年祭り実行委員会 東野圭吾公式ガイド〈読者1万人が選んだ東野作品人気ランキング発表〉
東野圭吾作家生活35周年実行委員会 編 東野圭吾公式ガイド〈作家生活35周年ver.〉
平野啓一郎 高瀬川
平野啓一郎 ドーン
平野啓一郎 空白を満たしなさい(上)(下)
百田尚樹 永遠の0(ゼロ)
百田尚樹 輝く夜
百田尚樹 風の中のマリア
百田尚樹 影法師
百田尚樹 ボックス!(上)(下)
百田尚樹 海賊とよばれた男(上)(下)
平田オリザ 幕が上がる
東直子 さようなら窓
蛭田亜紗子 凜
樋口卓治 ボクの妻と結婚してください。
樋口卓治 続・ボクの妻と結婚してください。
樋口卓治 喋る男
平山夢明 〈大江戸怪談どたんばたん(土壇場譚)〉魂豆腐
平山夢明 宇佐美まこと ほか 超怖い物件

本城雅人 誉れ高き勇敢なブルーよ
本城雅人 シューメーカーの足音
本城雅人 ミッドナイト・ジャーナル
本城雅人 紙の城
本城雅人 監督の問題
本城雅人 去り際のアーチ〈もう一打席！〉
本城雅人 時代
本城雅人 オールドタイムズ
堀川惠子 裁かれた命〈死刑囚から届いた手紙〉
堀川惠子 死刑の基準〈「永山裁判」が遺したもの〉
堀川惠子 永山則夫〈封印された鑑定記録〉
堀川惠子 教誨師
堀川惠子 戦禍に生きた演劇人たち〈演出家・八田元夫と「桜隊」の悲劇〉
堀川惠子 小笠原信之 チンチン電車と女学生〈1945年8月6日・ヒロシマ〉
誉田哲也 Qros（キュロス）の女
松本清張 草の陰刻
松本清張 黄色い風土
松本清張 黒い樹海
松本清張 ガラスの城

松本清張 殺人行おくのほそ道(上)(下)
松本清張 邪馬台国 清張通史①
松本清張 空白の世紀 清張通史②
松本清張 カミと青銅の迷路 清張通史③
松本清張 天皇と豪族 清張通史④
松本清張 壬申の乱 清張通史⑤
松本清張 古代の終焉 清張通史⑥
松本清張 新装版 増上寺刃傷
松本清張他 日本史七つの謎
松谷みよ子 ちいさいモモちゃん
松谷みよ子 モモちゃんとアカネちゃん
松谷みよ子 アカネちゃんの涙の海
眉村卓 ねらわれた学園
眉村卓 なぞの転校生
麻耶雄嵩 翼ある闇〈メルカトル鮎最後の事件〉
麻耶雄嵩 痾
麻耶雄嵩 メルカトルかく語りき
麻耶雄嵩 夏と冬の奏鳴曲（ソナタ）〈新装改訂版〉
麻耶雄嵩 神様ゲーム

町田康 耳そぎ饅頭
町田康 権現の踊り子
町田康 浄土
町田康 猫にかまけて
町田康 猫のあしあと
町田康 猫とあほんだら
町田康 猫のよびごえ
町田康 真実真正日記
町田康 宿屋めぐり
町田康 人間小唄
町田康 スピンク日記
町田康 スピンク合財帖
町田康 スピンクの壺
町田康 スピンクの笑顔
町田康 ホサナ
町田康 猫のエルは
町田康 記憶の盆をどり
舞城王太郎 煙か土か食い物〈Smoke, Soil or Sacrifices〉
舞城王太郎 好き好き大好き超愛してる。

舞城王太郎 私はあなたの瞳の林檎
舞城王太郎 されど私の可愛い檸檬
真山 仁 虚像の砦
真山 仁 新装版 ハゲタカ(上)(下)
真山 仁 新装版 ハゲタカII(上)(下)
真山 仁 レッドゾーン(上)(下)
真山 仁 グリード〈ハゲタカIV〉(上)(下)
真山 仁 ハーディ〈ハゲタカ2・5〉(上)(下)
真山 仁 スパイラル〈ハゲタカ4・5〉
真山 仁 シンドローム〈ハゲタカ5〉(上)(下)
真山 仁 そして、星の輝く夜がくる
真梨幸子 孤虫症
真梨幸子 深く深く、砂に埋めて
真梨幸子 女ともだち
真梨幸子 えんじ色心中
真梨幸子 カンタベリー・テイルズ
真梨幸子 イヤミス短篇集
真梨幸子 人生相談。
真梨幸子 私が失敗した理由は

真梨幸子 三匹の子豚
真梨幸子 まりも日記
松本裕士 兄〈追憶のhide〉弟
円居 挽 原作 福本伸行 カイジ ファイナルゲーム 小説版
松岡圭祐 探偵の探偵
松岡圭祐 探偵の探偵II
松岡圭祐 探偵の探偵III
松岡圭祐 探偵の探偵IV
松岡圭祐 水鏡推理
松岡圭祐 水鏡推理II〈インパクトファクター〉
松岡圭祐 水鏡推理III〈パレイドリア・フェイス〉
松岡圭祐 水鏡推理IV〈アノマリー〉
松岡圭祐 水鏡推理V〈ニュークリアフュージョン〉
松岡圭祐 水鏡推理VI〈クロノスタシス〉
松岡圭祐 探偵の鑑定I
松岡圭祐 探偵の鑑定II
松岡圭祐 万能鑑定士Qの最終巻〈ムンクの〈叫び〉〉
松岡圭祐 黄砂の籠城(上)(下)
松岡圭祐 シャーロック・ホームズ対伊藤博文

松岡圭祐 八月十五日に吹く風
松岡圭祐 生きている理由
松岡圭祐 黄砂の進撃
松岡圭祐 瑕疵借り
松原 始 カラスの教科書
益田ミリ 五年前の忘れ物
益田ミリ お茶の時間
マキタスポーツ 一億総ツッコミ時代〈決定版〉
丸山ゴンザレス ダークツーリスト〈世界の混沌を歩く〉
松田賢弥 したたか 総理大臣・菅義偉の野望と人生
真下みこと #柚莉愛とかくれんぼ
松野大介 インフォデミック〈コロナ情報氾濫〉
三島由紀夫 TBSヴィンテージクラシックス 編 告白 三島由紀夫未公開インタビュー
三浦綾子 ひつじが丘
三浦綾子 岩に立つ
三浦綾子 あのポプラの上が空〈新装版〉
三浦明博 滅びのモノクローム
三浦明博 五郎丸の生涯
宮尾登美子 新装版 天璋院篤姫(上)(下)

2023年9月15日現在